AF203538

Volker Jochim

Der letzte Kreis der Hölle

Kommissar Marek kommt ins Grübeln

Kommissar Mareks vierter Fall

Kriminalroman

© 2015 Volker Jochim

Umschlag, Illustration: trediton,
Volker Jochim (Foto)

Verlag: tredition GmbH, Hamburg

1. Auflage

ISBN

Paperback	978-3-7323-7795-4
Hardcover	978-3-7323-7796-1
e-Book	978-3-7323-7797-8

Printed in Germany

1

28. April

Der Tag war grau, trübe und kalt. Eigentlich so, wie sich schon der ganze April in diesem Jahr präsentierte. Tief hingen die Wolken über Murnau und dem Garmischer Land. Touristen waren bislang ferngeblieben, was bei diesem tristen Wetter auch kein Wunder war.

Über ausbleibende Klienten musste man sich in der Privatklinik Bruckner, die am südöstlichen Ortsrand von Murnau gelegen war, keine Gedanken machen. Die Klinik, ein postmoderner, weißer, mit vielen Glasflächen applizierter Bau, war bis auf den letzten Platz belegt. Schönheitsoperationen hatten halt immer Saison und der gesamte Geldadel von München bis Kitzbühel zählte zum Patientenstamm.

Vergrößerungen der weiblichen Oberweite, um möglicherweise das Dirndl beim nächsten Oktoberfest besser ausfüllen zu können und Jahre später die Verkleinerung, um den Gesetzen der Schwerkraft entgegen zu wirken, das Absaugen der allzu deutlichen Zeichen des Wohlstandes und der Bewegungsarmut, oder das Unterspritzen noch so kleiner Fältchen und der Lippen mit einem nicht gerade ungefährlichen Nervengift, was schon so manchem Mund das Aussehen eines Schlauchboots verliehen hatte. Alles dies hat der Klinik zu einem besonderen Ruf und seinem Besitzer zu einem nicht unbeträchtlichen Vermögen verholfen.

***

„Guten Abend, Herr Doktor."

Doktor Gerhardt Bruckner, ein großer, schlanker, sonnengebräunter Mann Anfang vierzig, betrat die Rezeption seiner Privatklinik für kosmetische Chirurgie.

„Guten Abend, Frau Memberger, liegt noch etwas Besonderes an?"

„Nur Herr Riedle von der Staatskanzlei hat um Rückruf gebeten und ein Dottore Solino aus Italien rief an, hat aber keine Nachricht hinterlassen."

„Danke, darum kümmere ich mich gleich."

„Wie war die Tagung?"

Charlotte Memberger leitete nicht nur den Empfang, sie war auch Dr. Bruckners Sekretärin und, das bildete sie sich zumindest ein, seine Vertraute.

„Eigentlich langweilig wie immer, aber ich habe ein paar interessante Kontakte knüpfen können."

Dr. Bruckner sah auf seine goldene Armbanduhr.

„Oh, schon gleich sechs Uhr. Sie können dann Feierabend machen, Frau Memberger."

„Danke, Herr Doktor, ich wünsche Ihnen einen schönen Urlaub."

„Danke Ihnen, wir sind ja nächste Woche schon wieder zurück."

***

Dr. Bruckner betrat sein elegantes Büro, warf seinen Aktenkoffer auf einen der Ledersessel, die um einen Besprechungstisch gruppiert waren, setzte sich auf die Kante seines Mahagonischreibtisches, griff nach dem Telefon und wählte eine Nummer der Staatskanzlei.

„… ja Franz, ich denke daran. Wir sind in einer Woche wieder zurück. Kommt der Ministerpräsident auch? Prima, und diese Schauspielerin, wie hieß sie doch gleich …? Ja, genau die. Gut, dann sehen wir uns auf der Gala."

Zufrieden verließ er die Klinik und fuhr nach Hause.

***

Als er eine halbe Stunde später die Tür seiner Villa aufschloss, empfing ihn seine völlig aufgelöste, schon fast hysterisch wirkende Frau.

„Gerhardt, wo bleibst du denn? Ich schaffe das nicht mehr. Das ist mir alles zu viel. Wir wollten doch schon vor über einer Stunde fahren."

„Ist doch nicht so schlimm. Ich hatte noch zu tun. Dann hat mich Franz noch aufgehalten, wegen der

Spendengala. Wir sitzen mit am Tisch des Minister-präsidenten."

„Schön, aber das interessiert mich im Augenblick überhaupt nicht."

Renate Bruckner fuhr sich fahrig durch ihr blondes, schulterlanges Haar. Eigentlich war sie eine attraktive Frau Mitte dreißig mit sportlicher Figur, doch ihr Gesicht zeigte deutliche Spuren, die Stress und Nervosität hinterlassen hatten.

„Die Zwillinge sind wenigstens einigermaßen ruhig, aber Ann-Kathrin nervt mich schon den ganzen Tag. Sie ist wie aufgedreht."

„Warte einen Moment, dann gebe ich ihr ein Beruhigungsmittel. Ich muss nur noch Eduardo anrufen. Er hatte versucht mich zu erreichen."

„Beeil dich bitte. Ich kann nicht mehr."

Bruckner strich seiner Frau kurz übers Haar, ging in sein Arbeitszimmer, entledigte sich seines Jacketts griff zum Telefon und wählte die Nummer seines italienischen Freundes.

***

Eduardo Solino besaß ein gutgehendes Pharmaunternehmen im Industriegebiet von Montecchio Maggiore, direkt an der A4 zwischen Verona und Venedig. Einen Großteil seines Erfolges verdankte er seinen guten Beziehungen bis in die höchsten politischen Kreise. So wurde er einer der erfolgreichsten

Lobbyisten in Rom. Als kleine Gegenleistung finanzierte er Wahlkämpfe und Aktionen gegen alles, was links neben dem rechtspopulistischen Parteienspektrum stand.

***

„Buona sera, Eduardo ... ja wir fahren gleich los. Ihr kommt am dritten Mai? Dann bestelle ich schon einen Tisch. Grüß´ Rosanna von mir. *Ciao.*"

Seit Bruckner Solino vor einigen Jahren auf einem Pharmakongress in Verona kennengelernt hatte, trafen sich beide Familien regelmäßig in Caorle, wo die Bruckners ein Feriendomizil besaßen.

Nachdem er aufgelegt hatte, öffnete er eine Schublade seines Schreibtischs und entnahm ihr ein kleines, unbeschriftetes Glasröhrchen.

***

Dr. Bruckner schaltete die Alarmanlage ein, verschloss das Haus und setzte sich in seinen Range Rover, in dem seine Familie schon wartete.

„Jetzt sind sie ruhig", stellte er nach einem kurzen Blick auf die Rückbank fest, auf der alle drei Kinder in ihren Sitzen friedlich schliefen.

„Ist es auch nicht schädlich?"

„Nicht in kleiner Dosierung. Du sollst es ihr ja auch nicht dauernd geben."

„Was ist das für ein Zeug? Woher hast du das?"

„Das ist eine Neuentwicklung von Eduardo. Er hat

es mir zum Ausprobieren geschickt."

„Hast du es mitgenommen?"

„Ja, es ist im Notfallkoffer. Pass bitte mit der Dosierung auf, falls du es einmal brauchen solltest."

„Dieses Kind macht mich fertig. Es muss doch die Möglichkeit einer Behandlung geben. Du bist doch Arzt."

„Aber kein Kinderarzt. Außerdem warst du ja schon mit ihr bei mehreren Kinderpsychologen."

„Und was haben die gemacht? Nichts! Die haben mir nur gesagt, dass sie ein gesundes und sehr lebendiges Kind sei. Aber was hilft das mir? Ich kann nicht einmal mehr in Ruhe ein Buch oder eine Zeitschrift lesen, geschweige denn mit einer Freundin telefonieren, schon hängt sie an mir und will irgendetwas."

„Ich wollte ein Kindermädchen einstellen, aber du warst ja dagegen."

„Ich will keine Fremden im Haus. Da fühle ich mich unwohl und beobachtet."

„Warte einmal ab, vielleicht tut euch der Urlaub gut", versuchte er das Gespräch zu beenden. Manchmal verstand er seine Frau wirklich nicht und das war auch hier der Fall. Sie war es doch, die diesen unbedingten Kinderwunsch hatte. Was stellte sie sich denn vor? Dass sich die Kleinen ausschließlich mit sich selbst beschäftigten und sie ein Leben führen konnte, wie vor Ann-Kathrins Geburt? Er konnte ja

10

schließlich nicht zu Hause bleiben und die Klinik vernachlässigen, die ihnen genug Geld für ein sorgenfreies Leben einbrachte und das seine Frau auch gerne annahm.

***

Da um diese Zeit die Autobahnen wie leer gefegt waren, konnte er den schweren Wagen richtig ausfahren, und so erreichten sie gegen Mitternacht ihr Ferienhaus in der Via Largo Verona, auf der Levante Seite von Caorle, einer ruhigen, beschaulichen Kleinstadt im Veneto. Obwohl bei diesem Anwesen von einem Ferienhaus zu sprechen schon fast eine schamlose Untertreibung wäre. Bruckner betätigte die Fernbedienung und das geschwungene, dunkelgraue Stahltor öffnete sich. Das zweigeschossige, in weinrot gestrichene Gebäude lag nur eine Parallelstraße von der Strandpromenade entfernt, aber doch jenseits des touristischen Rummels am hinteren Ende eines Rondells, an dem sich sonst nur noch sechs weitere, ähnliche Anwesen befanden.

Im Erdgeschoss gab es ein großes Wohnzimmer mit einem offenen Kamin und einer Glasfront zur Terrasse, sowie einen großzügigen Essbereich und im Anschluss daran die offene Küche. Außerdem gab es noch ein kleines Gästezimmer mit Bad. Im Obergeschoss lagen, direkt gegenüber der Treppe, die beiden Kinderzimmer, sowie das Schlafzimmer, ein großes Bad und ein Ankleidezimmer.

Nachdem sie die Kinder in ihre Betten gebracht und die Koffer ausgeräumt hatten, saßen die Bruckners bei einem Glas Barolo auf der riesigen Ledercouch im Wohnzimmer und sahen hinaus in die Dunkelheit.

***

Die nächsten Tage verliefen ziemlich ereignislos. Das Wetter zeigte sich hier an der nördlichen Adria von seiner besten Seite. Die Sonne schien von einem blauen, fast wolkenlosen Himmel und die Temperaturen kletterten tagsüber schon auf sommerliche fünfundzwanzig Grad.

Bruckner verbrachte seine Zeit auf dem Golfplatz von Duna Verde, dem besten Ort zum Anknüpfen geschäftlicher Beziehungen, und seine Frau mit den Kindern am Strand.

2

3. Mai

„Das war der schönste Tag, Mami!"

Ann-Kathrin strahlte über das ganze, mittlerweile von der Sonne leicht gerötete Gesicht, als die Familie am späten Nachmittag vom Strand aufbrach. Die Kinder wären gerne noch etwas länger geblieben, auch weil Ihr Vater sie erstmals begleitet hatte, aber die Bruckners hatten sich ja für den Abend mit den Solinos zum Essen verabredet. Für neunzehn Uhr war ein Tisch im Park Hotel Pineta reserviert. Dieses Hotel wählte Bruckner gerne für die jährlichen Treffen mit Eduardo Solino und dessen Frau Rosanna, da es, obwohl es auf den ersten Blick nicht den Eindruck machte, bekannt für eine ausgezeichnete venezianische Küche und einen gut sortierten Weinkeller war. Außerdem lag es in der Nähe ihres Hauses und so konnte man schnell einmal zwischendurch nach den Kindern sehen.

Nachdem die Kinder ihr Abendessen eingenommen hatten und in ihre Betten gebracht waren, bereiteten sich die Bruckners auf das Treffen mit ihren Freunden vor. Während er gerade eine dezent gestreifte Krawatte umband, saß sie, noch in Unterwäsche, vor dem Spiegel und legte Makeup auf.

In diesem Moment öffnete sich die Türe des Schlafzimmers.

„Ich kann nicht schlafen, Mama", jammerte Ann-Kathrin, die mit ihrem roten Plüschaffen in der Hand im Türrahmen stand.

***

Als die Bruckners um kurz nach sieben Uhr das Restaurant betraten, saßen Eduardo Solino und seine Frau Rosanna bereits an dem für sie reservierten Tisch an der großen Fensterfront, die einen Blick auf das Meer gestattete, auf dessen ruhiger, glatter Oberfläche sich das Orange-Rot des Abendhimmels spiegelte. Die Begrüßung war herzlich wie immer, wenn man sich traf und beide Seiten hatten auch das Gefühl, dass diese Herzlichkeit durchaus echt war. Solino selbst hatte in Bruckner einen Bruder im Geiste, mit dem man sich trefflich über die Entwicklung und Wirkung von Pharmazeutika austauschen konnte.

„Bitte entschuldigt unsere Verspätung, aber unsere Tochter wollte partout nicht ins Bett."

„Das macht doch nichts. Kinder sind halt manchmal etwas unruhig. Schläft sie jetzt?"

„Ja. Renate hat ihr etwas zur Beruhigung gegeben. Aber lasst uns jetzt essen. Ich weiß nicht, wie es euch geht, aber ich habe Hunger."

„Wir können ja zwischendurch einmal nach den Kindern sehen", meinte Rosanna Solino, nachdem sie Platz genommen hatten.

***

Sie eröffneten ihr Menü mit *cape sante a 'la venessiana*. Dazu nahmen sie einen gut gekühlten, leicht perlenden *Verduzzo* aus der Region.

„Habt ihr öfter Probleme mit den Kindern?" fragte Rosanna Solino. „Ich meine, dass sie nicht ins Bett wollen. Vielleicht ist es ja auch nur wegen des Urlaubs, dass sie so überdreht sind."

„Wenn es das nur wäre", entgegnete Renate Bruckner und ihre Stimme klang resigniert, „aber Ann-Kathrin ist auch zu Hause so nervig. Ich kann praktisch nichts tun, ohne dass sie mir am Rockzipfel hängt. Mit den Zwillingen habe ich diese Probleme nicht. Ich hoffe, dass es auch so bleibt."

„Bestimmt", meinte Rosanna wenig überzeugend und beglückwünschte sich insgeheim auf Nachwuchs verzichtet zu haben.

***

Zwei Kellner erschienen mit dem nächsten Gang. Sie hatten sich für *sievo 'li ai feri* entschieden. So konnten sie auch bei ihrem Wein bleiben.

„Was hast du ihr gegeben?" fragte Solino und schob sich ein Stück Ciabatta in den Mund.

„Ich habe Renate das Heptaxythol gegeben, das du

mir geschickt hattest. Es scheint gut zu wirken."

Die kurze Veränderung in Solinos Gesichtsausdruck war Bruckner entgangen.

„Hoffentlich hat sie ihr nicht zu viel verabreicht. Sie ist ja noch sehr klein."

„Keine Sorge, ich habe Renate gesagt, wieviel sie ihr geben soll."

„Du weißt ja, dass dieses Mittel noch nicht zugelassen ist. Wir kommen in Teufels Küche, wenn der Kleinen etwas passiert. Ich dachte eher, du beruhigst damit deine Patienten in der Klinik."

„Mach dir keine Sorgen, es waren nur hundert Milligramm."

Er sah auf seine Armbanduhr.

„Oh, es ist gleich neun. Ich werde vor dem Dessert mal schnell nach den Kindern sehen."

„Jetzt hat er gar nicht gesagt, was er zum Dessert vorschlägt", meinte Solino, nachdem Bruckner gegangen war, „dann werde ich etwas aussuchen, wenn es euch recht ist."

Die Damen hatten keine Einwände und so bestellte er *crema frita*, eine venezianische Spezialität, und dazu eine Flasche Moscato.

***

„Und, alles in Ordnung?" fragte Rosanna Solino, als Bruckner sich etwa fünfundzwanzig Minuten später wieder zu Ihnen an den Tisch gesetzt hatte.

16

„Ja, ja, alles bestens. Die Zwillinge schlafen tief und fest und auch Ann-Kathrin schläft...", er musste sich kurz räuspern, bevor er weitersprechen konnte, „scheint aber etwas unruhig zu sein."

„Ist es dir nicht gut?" fragte seine Frau.

„Wieso?"

„Du schwitzt so. Ist wirklich alles in Ordnung?"

„Keine Sorge, ich bin nur schnell gelaufen und draußen ist es noch sehr warm."

Seine Frau gab sich mit der Erklärung zufrieden und so wendeten sie sich ihrem Dessert und anderen Themen zu.

***

Nachdem Caffè und Grappa serviert waren, zogen sich die beiden Männer zum Rauchen auf die Terrasse zurück, während die Frauen am Tisch blieben und sich über die neuesten Mailänder Modetrends unterhielten.

„Möchtest du nicht noch einmal nach den Kindern sehen?" fragte Rosanna Solino plötzlich, nach einem kurzen Blick auf die Uhr.

„Ach, das wird nicht nötig sein", erwiderte Renate Bruckner mit einem gequälten Lächeln, „Gerhardt war doch erst nachsehen."

„Das ist schon über eine Stunde her. Wenn es dir recht ist, gehe ich schnell. Dann können wir beruhigt noch etwas sitzen bleiben."

Widerstrebend gab Renate ihr den Hausschlüssel. Jetzt wurde sie schon wieder wegen der Kinder in einer netten Unterhaltung gestört.

„Ich gehe nur schnell nach den Kindern sehen", rief sie ihrem Mann zu, der gerade mit Bruckner wieder zum Tisch zurückkehrte.

„Lass bitte die Tür zu Ann-Kathrins Zimmer zu. Die quietscht etwas, sonst wacht sie noch auf", rief Bruckner ihr noch nach.

***

Nachdem Rosanna berichtet hatte, dass alles ruhig war und die Kinder offenbar friedlich schliefen, genehmigten sie sich noch ein paar Gläschen und unterhielten sich über irgendwelche Belanglosigkeiten.

Es war fast Mitternacht, als die Bruckners sich verabschiedeten und den kurzen Heimweg antraten.

„Ich trinke noch etwas", meinte Eduardo Solino mit schwerer Zunge und sehr zum Leidwesen seiner Frau, „ich habe uns hier ein Zimmer genommen."

***

„Hast du bei Ann-Kathrin das Fenster aufgemacht?" hörte Bruckner seien Frau fragen, als er gerade die Haustüre öffnen wollte. Er trat ein paar Schritte zurück und sah an der Fassade nach oben. Tatsächlich, das Fenster zu Ann-Kathrins Zimmer, dass etwas seitlich versetzt oberhalb des Eingangs lag und auf ein schmales Vordach mündete, stand offen

18

und der Vorhang wehte leicht in der abendlichen Brise.

„Nein, *du* hast sie doch ins Bett gebracht. Du hast ihr das Beruhigungsmittel gegeben und sie nach oben gebracht. Danach war ja niemand mehr in diesem Zimmer."

„Ich dachte, dass du eventuell… ich meine als du nach ihr gesehen hast."

„Ich war doch nicht im Zimmer und Rosanna auch nicht."

Nachdem er die Haustüre aufgeschlossen hatte, rannte Renate Bruckner die Treppe nach oben und riss die Türen der beiden Kinderzimmer auf. Max und Fabian, die Zwillinge, lagen friedlich in ihren Bettchen und schliefen, Ann-Kathrin aber war verschwunden. Hektisch durchsuchten sie das ganze Haus und die Garage, riefen dabei immer wieder ihren Namen. Nichts! Das Mädchen blieb verschwunden. Bruckner schaltete die Außenbeleuchtung an und durchsuchte den Garten – ohne Erfolg. Zudem war das Grundstück nicht sehr groß und Büsche oder Bäume, hinter denen man sich verstecken konnte, gab es nicht so viele.

„Wir müssen die Polizei rufen", rief Renate ihrem Mann zu, „Ann-Kathrin ist bestimmt entführt worden."

„Jetzt erst einmal keine Panik. Vielleicht ist sie ja

wach geworden, aus dem Fenster geklettert, vom Vordach gefallen und weggelaufen."

„Dann hätte sie doch nicht mehr weglaufen können. Das sind über zwei Meter."

„Der Rasen ist sehr weich", erwiderte Bruckner, aber ohne Überzeugung in seiner Stimme. „Lass uns schnell ins Hotel zurückgehen. Dann können Eduardo und Rosanna uns suchen helfen."

***

Außer den Solinos beteiligte sich noch das ganze Hotelpersonal an der Such nach Ann-Kathrin. Obwohl sie den ganzen Strand bis hinunter zur Chiesa Madonna dell´Angelo, alle umliegenden Straßen bis hin zur Piazza Miramare und sogar die ganze Viale dei Cacciatori bis zur Lagune absuchten, das Mädchen blieb verschwunden.

„Ich rufe jetzt die Polizei."

Rosanna Solino zog ihr Handy aus der Tasche und wählte den Notruf.

3

4. Mai

Sofort als Maresciallo Ghetti den Wagen verlassen hatte, wurde er von einer aufgeregten Gruppe um das Ehepaar Bruckner bedrängt. Der Hotelmanager und einige seiner Angestellten, die sich auch an der vergeblichen Suchaktion beteiligt hatten, wollten ihm wort- und gestenreich ihre Sicht der Dinge erklären. Ghetti versuchte sich zu befreien, was ihm jedoch nicht gelang, denn plötzlich drängte ein anderer Mann sich zu ihm durch und fing an, seine Version zu erzählen. Der Mann war offenbar auch noch angetrunken. Ghetti platzte der Kragen. So kam er hier nicht weiter.

„Wer sind Sie denn?" fuhr er den Mann an. „Sind Sie etwa der Vater?"

„Nein, nein. Mein Name ist Eduardo Solino. *Solino Farmaceutica*. Kennen Sie bestimmt. Wir, also meine Frau und ich sind Freunde der Familie."

„Dann wäre ich Ihnen sehr verbunden, wenn ich endlich mit den Eltern des verschwundenen Mädchens sprechen könnte, Sie Freund der Familie."

Solino wollte noch etwas entgegnen, ließ es aber in

Anbetracht der Situation bleiben, drehte sich beleidigt um und führte den Maresciallo zu den Bruckners, die völlig aufgelöst an der niedrigen Mauer neben der Einfahrt ihres Hauses standen. Im Gehen instruierte Ghetti noch schnell seine zwei Kollegen, die Aussagen und Personalien aller hier Anwesenden aufzunehmen. Er stellte sich kurz vor und begann mit seiner Befragung.

„Signor Brunner…"

„Bruckner, wir heißen Bruckner."

„… *scusi*, Signor Bruckner, wann haben Sie Ihre Tochter das letzte Mal gesehen?"

„Gestern Abend. Kurz vor neunzehn Uhr hat sie meine Frau ins Bett gebracht. Bitte verzeihen Sie mein schlechtes Italienisch."

„Ich verstehe Sie sehr gut, Signor Bruckner", erwiderte Ghetti, „und falls es doch ein Problem geben sollte, ein Freund, er ist Commissario, spricht Ihre Sprache perfekt und könnte dann notfalls übersetzen. Aber machen wir weiter. Was war, nachdem Ihre Frau das Kind ins Bett gebracht hatte? Haben Sie das Haus verlassen?"

„Ja, wir sind ein paar Minuten später ins Hotel. Dort waren wir mit unseren Freunden zum Essen verabredet."

„Ich nehme an, das ist das Ehepaar Solino?"

„Genau. Wir treffen uns ein- bis zweimal im Jahr

hier zum Essen und wir machen dann auch immer ein paar Tage Urlaub. Ich habe dieses Haus vor drei Jahren gekauft."

„Und als Sie vom Essen zurück kamen, stellten Sie gleich das Verschwinden Ihrer Tochter fest?"

„Ja, meine Frau bemerkte sofort das offene Fenster, als wir kamen. Sie ist sich aber sicher, dass es geschlossen war, als wir das Haus verließen. Wir sind dann gleich nach oben und haben das leere Kinderzimmer vorgefunden. Die Zwillinge im anderen Zimmer haben immer noch geschlafen."

„Ach, Sie haben noch mehr Kinder?"

„Ja, zwei Jungen, Zwillinge. Sie sind erst ein Jahr alt."

„Wann kamen Sie zurück?"

„Das war so gegen Mitternacht. Wir haben erst das ganze Haus und den Garten durchsucht. Dann liefen wir zum Hotel zurück und informierten unsere Freunde. Die hatten sich dort ein Zimmer genommen, weil er zu viel getrunken hatte. Der Hotelmanager bekam mit, was passiert war und rief das gesamte Personal zusammen. Wir teilten uns auf und suchten alle Straßen der Umgebung und den Strand ab, vergebens."

Renate Bruckner, die der Befragung bislang fast teilnahmslos gefolgt war, klammerte sich plötzlich an Ghettis Arm fest und fing an hysterisch zu schreien.

„Wo ist mein Kind? Ich will meine Tochter wiederhaben."

Es dauerte einen Moment, bis Bruckner seine Frau von Ghetti trennen und wieder einigermaßen beruhigen konnte.

„Entschuldigen Sie bitte."

„Das ist nur zu verständlich, Signor Bruckner. Sie ist eine Mutter. Habe ich das jetzt richtig verstanden, die Kinder waren etwa fünf Stunden unbeaufsichtigt im Haus und irgendwann in dieser Zeit ist jemand in das Haus eingedrungen und hat Ihre Tochter entführt?"

Bruckner wurde von Ghettis abrupten Themenwechsel überrascht und brauchte ein paar Sekunden um sich zu sammeln.

„Nein, nicht ganz. Ich bin gegen neun zurück, um nach den Kindern zu sehen. Vor allem nach Ann-Kathrin. Sie schläft schlecht und hatte ein Beruhigungsmittel bekommen."

„Sie haben einem Kleinkind ein Beruhigungsmittel gegeben?" fragte Ghetti ungläubig.

„Ja, eine sehr geringe Dosierung. Ich bin Arzt und kann das beurteilen."

„Das grenzt den Zeitraum ja etwas ein."

„Gegen halb elf war Rosanna, ich meine Signora Solino, auch noch einmal nachsehen."

„So? Dann hätten wir die eineinhalb Stunden, bevor Sie zurückgekommen sind, in der das Kind verschwunden sein muss."

„Was werden Sie jetzt unternehmen?"

Ghetti rief einen Brigadiere zu sich.

„Sie sagen bitte dem Kollegen genau, was Ihre Tochter getragen hat und ob etwas im Haus fehlt. Außerdem benötigen wir ein Foto Ihrer Tochter, das wir veröffentlichen können. Ich hole jetzt die Spurensicherung und fordere eine Suchmannschaft und eine Hundestaffel an. Wir werden später sicher noch weitere Fragen an Sie und Ihre Freunde haben."

**

Eine Stunde später durchkämmten zwanzig Polizisten, eine Hundestaffel mit vier Suchhunden und die Gruppe freiwilliger Helfer aus dem Hotel systematisch die ganze Umgebung. Überall sah man die tanzenden Lichter der Taschenlampen in der Dunkelheit. Der östliche Bereich bis zur Lagune erwies sich als besonders schwierig, da es dort neben den Campinganlagen auch noch viel überwuchertes Brachland, leerstehende Gebäude und einige kleine Tümpel gab.

Als sich dann die ersten Sonnenstrahlen über der Lagune zeigten und die Suche bis dato ergebnislos verlaufen war, konzentrierte Ghetti alle Kräfte auf dieses Gebiet. In der Zwischenzeit hatte er das Foto der verschwundenen Ann-Kathrin vervielfältigen und überall in der kleinen Stadt verteilen lassen. Auch wurden die Flughäfen, Bahnhöfe und Fährhäfen, sowie Grenzübergänge für den Fall überwacht, dass man das entführte Kind außer Landes bringen wollte. Sowohl Ghetti, als auch sein Vorgesetzter, Capitano Mambretti, gingen mittlerweile davon aus, dass es sich um eine Entführung handelte.

***

Es ging schon auf die Mittagszeit zu und die Sonne brannte für die Jahreszeit extrem heiß und unerbittlich auf die Suchmannschaften, die nach fast zehn Stunden ununterbrochener Suche am Rande der Erschöpfung waren. Die freiwilligen Helfer waren längst nicht mehr dabei. Ghetti hatte sich bei ihnen bedankt und sie irgendwann am frühen Morgen nach Hause geschickt. Plötzlich ertönte lautes Hundegebell, daraufhin ein Ruf. Er kam vom nördlichen Ende der Via dei Casoni. Sofort eilten alle die es gehört hatten dorthin, unter ihnen auch Ghetti. Auf einem verwahrlosten Grundstück, auf dem zwei uralte, verdreckte und verkommene Wohnwagen am Rande eines kleinen Tümpels standen, hatte ein Hundeführer Mühe seinen abwechselnd bellenden und winselnden Hund im Zaum zu halten.

„Er hat etwas gefunden", rief er und zeigte auf ein, in eine blaue Mülltüte gewickeltes Bündel, das teilweise noch im Wasser lag.

Ghetti drehte sich der Magen um, als er an das dachte, was jetzt noch kommen würde, aber er konnte sich vor so vielen Kollegen keine Blöße geben und so ging er mit weichen Knien voran.

„Danke, Luigi. Bring erst einmal den Hund weg."

„Sollen wir es öffnen, Mareciallo?"

Ghetti hatte nicht gemerkt, dass zwei seiner Kollegen mit ihm gegangen waren.

„Ja bitte, aber seid vorsichtig."

Er war erleichtert, es nicht selbst tun zu müssen, hatte aber Angst vor dem, was er gleich zu sehen erwartete.

Einer der Polizisten zog sein Messer aus der Tasche und schnitt vorsichtig einen Winkel in die Folie. Er klappte das Stück Plastik zurück und im gleichen Moment sprang er auf, hielt sich den Handrücken vor das Gesicht, rannte ein paar Meter zur Seite, um sich dann die Seele aus dem Leib zu kotzen.

Der andere Kollege beugte sich über das Bündel und richtete sich schnell wieder auf.

„Scheiße...!"

„Was ist?" wollte Ghetti endlich Klarheit.

„Nichts, Maresciallo. Da liegt nur ein halb verwester Köter drin."

***

Ghetti brach die Suche an diesem Punkt ab. Sie hatten jeden Quadratzentimeter in der Umgebung abgesucht und außer dem toten Hund, den sein Besitzer offenbar in dem Tümpel bestatten wollte, hatten sie nichts gefunden. Er setzte sich noch mit der *Guardia Costiera* in Verbindung und bat sie, die Lagune in dem, von der Via dei Casoni aus zugänglichem Bereich, abzusuchen. Dann fuhr auch er zurück in die Caserma.

4

4. Mai

Ministerialdirigent Franz Riedle, seines Zeichens Amtschef im Bayrischen Staatsministerium für Gesundheit und Pflege, legte mit ernster Miene den Telefonhörer auf. Was er gerade hörte, hatte ihm einen Schock versetzt. Die Tochter seines besten Freundes entführt und das auch noch in Italien, im Ausland. Da musste man was unternehmen; *er* musste etwas unternehmen. Die Polizei da unten war ja wohl völlig unfähig. Davon war er felsenfest überzeugt. Hier in Deutschland wären die Ermittlungen schon viel weiter und in Bayern wäre das ohnehin nicht passiert. Er griff erneut nach dem Telefon und rief den Münchner Polizeipräsidenten an.

***

Am späten Nachmittag fuhr Michele Ghetti, der nun bereits fast vierundzwanzig Stunden am Stück im Dienst war, zu den Bruckners, um eine weitere Befragung durchzuführen. Da traf es sich gut, dass auch die Solinos gerade anwesend waren, um ihren Freunden in dieser schweren Zeit beizustehen.

„Signora Bruckner, ist Ihnen im Nachhinein noch

irgendetwas eingefallen, was Sie uns sagen wollen, was uns eventuell weiterhelfen könnte?"

Renate Bruckner hockte mit angezogenen Beinen auf der Couch und hatte das Gesicht in ihren Händen vergraben. Sie schüttelte kaum merklich den Kopf.

„Nein, gar nichts", war die knappe Antwort in etwas holprigem Italienisch.

„Maresciallo", meldete sich da Rosanna Solino, „mir ist gestern, als ich nach den Kindern gesehen hatte, etwas aufgefallen. Es kam mir gestern nicht wichtig vor, deshalb hatte ich es auch gleich wieder vergessen, aber eben, als Sie nochmal fragten, ist es mir wieder eingefallen."

„Die geringste Kleinigkeit kann wichtig sein. Was ist Ihnen denn aufgefallen?" fragte Ghetti gespannt.

„Also, als ich zum Haus ging, sah ich einen Mann, der ein kleines Kind auf dem Arm hatte. Er ging die Straße hinter dem Hotel in Richtung Altstadt."

„Was?" schrie Renate Bruckner und sprang auf. „Wieso hast du gestern nichts davon gesagt? Wir hätten den Entführer doch noch erwischen können."

Ihr Mann hatte Mühe, sie wieder halbwegs zu beruhigen.

„Weil ich dachte, es sei einfach ein Vater, der mit seinem Kind etwas spazieren geht", verteidigte sich Rosanna Solino.

„Um diese Uhrzeit doch nicht", jammerte Renate

Bruckner und rollte sich wieder auf der Couch zusammen.

„Doch, Signora", schaltete sich Ghetti ein, „bei uns in Italien ist das durchaus üblich, dass Eltern mit ihren Kindern, auch Kleinkindern, abends noch spät unterwegs sind. Signora Solino, können Sie diesen Mann beschreiben? Wie sah er aus?"

Die Signora dachte einen Moment lang nach.

„Groß. Ja, groß war er. Größer als Sie. Und sehr dünn war er auch."

„Können Sie sein Aussehen etwas näher beschreiben? Haarfarbe, was für ein Typ war er?" hakte Ghetti nach, als er merkte, dass Rosanna Solino ihre Kurzbeschreibung als abgeschlossen betrachtete.

Sie überlegte wieder einen Moment.

„Na ja, es war dunkel, aber die Haare waren schwarz, würde ich sagen und einen Bart hatte er auch, eher so einen Dreitagebart, wissen Sie. Vom Typ her würde ich auf einen aus dem Süden tippen."

„Meinen Sie Süditalien?"

„Ja, oder auch aus Albanien oder Griechenland. Jedenfalls aus dieser Richtung."

Ghetti war sofort klar, dass die Solinos offenbar nichts für ihre südlichen Landsleute übrig hatten, und für Ausländer schon gar nicht. Mit Ausnahme ihrer deutschen Freunde vielleicht, oder anderen Westeuropäern, die finanziell mit ihnen mithalten konnten.

„Was hatte er an?" fragte er weiter und bemühte sich, seine Ablehnung diesen Leuten gegenüber nicht zu offensichtlich werden zu lassen.

„Eine dunkle Hose und ein weißes Hemd. Mehr weiß ich jetzt auch nicht."

„Und das Kind? Konnten Sie es sehen?"

„Nein, es war in eine Decke gewickelt."

„Signora Bruckner. Fehlt bei Ihnen eventuell eine Kinderdecke?"

„Nein, ich glaube es fehlt nichts."

„Danke. Ach, Signora Solino, kommen Sie bitte morgen Vormittag zu mir ins Büro.

„Wieso denn? Ich habe doch jetzt alles gesagt."

„Wir werden ein Phantombild dieses Mannes anfertigen. Vielleicht hat ihn ja noch jemand gesehen. Wir gehen jedenfalls allen Spuren nach, auch wenn sie noch so klein sind. *Arrivederci*."

***

Ghetti fuhr nach Hause, um wenigstens ein paar Stunden Schlaf zu finden und seine völlig verschwitzte Kleidung zu wechseln. Die Fahndung lief auf Hochtouren und im Moment konnte er selbst ohnehin nicht viel tun. Nur hatte er ein komisches Gefühl bei dieser Sache. Er wusste nicht warum, aber es war da.

***

32

Robert Marek saß bei geöffnetem Fenster in seinem Sessel, rauchte und las einen *Maigret* Roman von Georges Simenon.

„Das waren noch Zeiten", dachte er, „da machte die Polizeiarbeit noch richtig Spaß."

Marek war ehemals Kriminalhauptkommissar beim Morddezernat in Frankfurt am Main. Im Gegensatz zu *Maigret*, dessen unkonventionelle Methoden ihm zur Ehre gereichten und Anerkennung brachten, fiel er dafür bei den meisten seinen Kollegen und erst recht bei den Vorgesetzten in Ungnade. Da er aber, im Gegensatz zu seinen Kritikern, eine außergewöhnlich hohe Aufklärungsquote vorweisen konnte, wurde das Bundeskriminalamt auf ihn aufmerksam und stellte einen Versetzungsantrag bei seinem Dezernatsleiter, den dieser nur zu gerne unterschrieben hätte. Er selbst wollte aber partout nichts mit diesem Verein zu tun haben, ließ sich auf Anraten seiner Freundin Silvana frühzeitig pensionieren und zog zu ihr nach Caorle. Silvana Rafaeli war hier Journalistin beim *Gazzettino*, einer regionalen Tageszeitung. Er hoffte nun das ruhige Leben eines Pensionärs unter der Sonne Italiens führen zu können, was ihm aber nicht so richtig gelingen wollte, denn auch in dieser beschaulichen Kleinstadt im Veneto gab es Gewaltverbrechen und er konnte es halt nicht lassen, seine Nase überall hineinzustecken, was nach einem solchen Verbrechen aussah. Bei einem dieser Fälle lernte er den jungen Carabiniere Michele Ghetti kennen, dem er gleich bei der Aufklärung dieses Mordfalles behilflich war. Es folgten noch zwei weitere Fälle in diesen nicht einmal zwei Jahren, die er jetzt hier wohnte und zu deren Aufklärung er maßgeblich beigetragen hatte. Beim letzten Fall war er gleich dreimal nur knapp dem Tod von der Schippe gesprungen, was er zwar nicht wahrhaben wollte, Silvana und Ghetti aber trotzdem so sahen.

Gerade als er ein neues Kapitel beginnen wollte, klingelte sein Telefon. Er legte ein Lesezeichen in das Buch und ging hinüber zu seinem Schreibtisch.

„*Pronto.*"

„*Ciao Roberto*", meldete sich Michele Ghetti, „ich wollte mich schnell einmal melden, bevor ich mich hinlege."

Marek sah auf die Uhr.

„Seit wann gehst du mit den Hühnern ins Bett? Oder bist du etwa krank?"

„Nein, ich bin nur schon seit mehr als vierundzwanzig Stunden im Dienst. Letzte Nacht ist ein kleines Kind verschwunden. Ein dreijähriges Mädchen. Wir haben die ganze Nacht und heute den ganzen Tag nach ihr gesucht, aber ohne Erfolg. Jetzt gehen wir von einer Entführung aus."

„Hört sich nicht gut an. Ist bei den Eltern denn etwas zu holen?"

„Ist anzunehmen. Es sind Landsleute von dir."

„Das heißt ja nicht zwangsläufig, dass sie Geld haben. Ich hab ja auch keins", knurrte Marek.

„So meinte ich das ja nicht. Es ist ein Ehepaar aus Murnau, wo immer das auch ist. Er betreibt eine Privatklinik für kosmetische Chirurgie."

„Dann hat er Geld", war Mareks knapper Kommentar, „und Murnau solltest du dir einmal ansehen. Da lebten Gabriele Münter und Wassily Kandinsky."

„Wer ist das denn?"

„Kulturbanause. Das waren berühmte Maler, Mitbegründer des Expressionismus, aber das erkläre ich dir ein andersmal. Jetzt leg dich hin und morgen erzählst du mir die Einzelheiten von der Entführung. *Ciao Michele.*"

***

„Verdammte Schweinerei", brummte Marek, nachdem das Gespräch beendet war. Ein dreijähriges Mädchen. Er würde es nie verstehen, wie ein erwachsener Mensch einem so kleinen Geschöpf so etwas antun konnte. Waren das überhaupt Menschen? Jedenfalls sollte die Kreatur, die dies getan hat, bei lebendigem Leib verfaulen.

Die Lust am Lesen war ihm vergangen und so zog er seine Jacke über und machte sich auf, zu einem abendlichen Spaziergang.

***

Auf dem Aeroporto Marco Polo in Venedig war
gerade die Abendmaschine der Lufthansa aus Frankfurt gelandet und rollte in Richtung der zugewiese-
nen Parkposition, als eine Durchsage ertönte.

„Meine Damen und Herrn, bitte bleiben Sie noch
einen kleinen Moment auf Ihren Sitzen. Herr Bauer
und Herr Friesen werden gebeten, das Flugzeug über
die Servicetreppe hinten links zu verlassen. Sie werden erwartet. Vielen Dank."

Als die Maschine auf Position stand und die Türen
geöffnet wurden, eilten zwei Männer in grauen An-
zügen nach hinten und stiegen die Treppe hinunter
auf das Vorfeld. Beide hatten nur eine kleine Reiseta-
sche und eine Laptoptasche dabei. Einige Meter neben der Lufthansamaschine stand ein Wagen des
deutschen Honorarkonsulats in Padua. Der Fahrer
eilte auf die Beiden zu.

„Signor Bauer, Signor Friesen, willkommen in Venedig. Bitte steigen Sie ein. Ich wurde instruiert Sie
direkt nach Caorle zu bringen. Das Konsulat hat dort
zwei Zimmer und einen Wagen für Sie reserviert."

„Danke", erwiderte Bauer knapp, dann schwiegen
alle, bis der Fahrer vor einem hell erleuchteten Hote-
leingang hielt.

„Hier sind wir. Dies ist das Hotel, in dem die Eltern des entführten Mädchens den Abend verbrach-

ten, an dem die Tat geschah. Den Autoschlüssel und die Zimmerschlüssel erhalten Sie an der Rezeption. *Arrivederci.*"

Ralf Bauer und Peter Friesen waren beide Anfang vierzig und Hauptkommissare des Bundeskriminalamts in Wiesbaden. Am Nachmittag wurden sie plötzlich zu ihrem Abteilungsleiter zitiert, der ihnen mit knappen Worten die Sachlage schilderte und sie für ihren Einsatz instruierte.

„Es ist von äußerster Wichtigkeit, dass wir den Fall rasch aufklären. Der Befehl kommt von ganz oben. Die Eltern des entführten Kindes sind Personen des öffentlichen Interesses. Vorerst arbeiten Sie mit den örtlichen Behörden zusammen. Sie fliegen in knapp zweieinhalb Stunden von Frankfurt nach Venedig. Dort werden Sie abgeholt und zum Tatort gebracht. Ist alles organisiert. Hier sind Ihre Tickets. Ich erwarte täglich Ihren Bericht. Ist das klar."

5

5. Mai

An diesem Dienstagmorgen wurde Marek für seine Verhältnisse schon sehr früh durch das Klingeln seines Handys geweckt. Es war Silvana, die mit aufgeregter Stimme sofort loslegte: "Hast du etwas von dieser Entführung gewusst?"

„Ich wünsche dir auch einen guten Morgen", erwiderte er müde, „ja, Ghetti hat es mir gestern Abend kurz erzählt."

„Und warum muss ich das heute erst auf dem offiziellen Weg erfahren? Ich hätte schon einen schönen Vorsprung vor der Konkurrenz haben können", schimpfte sie weiter.

„Ich wusste doch auch nicht viel mehr. Michele rief mich an, nachdem er schon über vierundzwanzig Stunden im Dienst war. Er war völlig fertig und brauchte etwas Schlaf. Er hat mir nur erzählt, dass die Tochter eines deutschen Arztes verschwunden ist, sie die ganze Nacht und den ganzen Tag vergeblich nach ihr gesucht hätten und sie nun von einer Entführung ausgingen. Mehr nicht."

„Heute früh bei der Pressekonferenz hat die Polizei das auch so dargestellt", ihre Stimme klang jetzt etwas moderater, „sie gehen jetzt auch offiziell von Entführung aus."

„Siehst du, jetzt weißt du genauso viel wie ich."

„Ich weiß vielleicht doch etwas mehr als du", sagte sie mit einem triumphierenden Unterton.

„So, was denn?" fragte Marek gelangweilt und hoffte, bald weiterschlafen zu können.

„Da waren zwei Polizisten aus deiner Heimat auf der Pressekonferenz dabei. Capitano Mambretti sagte, die wären vom Bundeskriminalamt und sollen die Ermittlungen begleiten. Was sagst du nun?"

Marek war mit einem Schlag hellwach. Das BKA hier in Italien und das schon am ersten Tag der Ermittlungen? Entweder der Doktor ist eine extrem wichtige Person, wobei die Wichtigkeit solcher Leute immer im Auge des Betrachters liegt, oder es ist etwas faul an der Geschichte.

„Was? Haben die etwas gesagt?"

„Nein, die saßen nur dabei. Ich glaube, die haben nichts verstanden."

„Das würde mich auch nicht wundern. Hast du die Namen?"

„Ja, warte, Bauer und Friesen. Kennst du die?"

„Ach, du Scheiße! Ja, die kenne ich. Zwei Emporkömmlinge. Das heißt nichts Gutes, wenn Laurel und Hardy so früh auf der Matte stehen. Ich glaube, da muss ich Michele mal vorwarnen..."

„... und ausquetschen", ergänzte sie, „und mir dann umgehend berichten."

„Natürlich, wie immer. Wir sprechen uns später."

***

Das musste er erst einmal sacken lassen. Wieso waren die zwei so schnell hier? Die müssen ja dann gestern schon eingeflogen sein, was wiederum bedeutet, dass sie schon von der Entführung wussten, als Ghetti noch mit der Suchmannschaft unterwegs war. Da steckte bestimmt mehr dahinter, aber das würde er mit Sicherheit noch herausfinden. Zuerst aber, brauchte er einen Caffè und eine Zigarette, dann würde er Michele anrufen.

***

Er saß rauchend am Küchentisch und sah grübelnd aus dem Fenster, als sein Telefon schon wieder klingelte. Es war Ghetti.

„*Ciao* Michele, ich wollte dich gerade anrufen. Silvana hat mir von der Pressekonferenz berichtet. Was hat es denn mit den Typen vom BKA auf sich? Was wollen die hier?"

„Deswegen rufe ich ja an. Das wissen wir auch nicht so genau. Der Capitano geht davon aus, dass sie sich über den Stand der Ermittlungen informieren wollen."

„Wie? Hat er denn nicht mit ihnen gesprochen?"

„Doch, aber das ist es ja. Wir verstehen sie nicht und sie uns auch nicht. Die sprechen nur deutsch und englisch. Mein englisch ist nicht so toll, Mambretti spricht gar keins und deutsch können wir beide nicht. Die beiden haben jetzt einen Dolmetscher von der Botschaft in Padua angefordert, aber dem Capitano wäre es lieber, wenn du übersetzen könntest."

„Aber selbstverständlich", freute sich Marek in den Fall eingebunden zu werden, „bin in zwanzig Minuten da."

Er nahm eine schnelle Dusche, zog sich rasch an, kletterte in seinen Lada Niva, den er erst vor ein paar Monaten erstanden hatte, und fuhr los.

***

Marek fuhr viele Jahre lang einen taubenblauen Citroen 2CV, seine heißgeliebte Ente. Von diesem Auto, über das sich seine früheren Kollegen heimlich amüsierten, über das offen zu lästern aber bei ihm unter Todesstrafe stand, blieb nur noch ein Haufen verbogenes Blech übrig, als er Anfang des Jahres, im Rahmen der Ermittlungen zu einem Mordfall, Ziel eines Mordanschlags war und mit einem Lastwagen von der Straße gedrängt wurde. Nach einer langwierigen und beinahe vergeblichen Suche nach einem Auto das zu ihm passt, fand er zufällig diesen russischen Geländewagen bei einem Händler in Portogruaro. Es war Liebe auf den ersten Blick, was Ghetti überhaupt nicht verstehen konnte, den Russen aber vor der Verschrottung bewahrte.

***

Als Marek an der Caserma eintraf, wurde er schon von Ghetti erwartet und sofort zu Capitano Mambrettis Büro geleitet. Als sie eintraten, fielen den beiden BKA Beamten, die am Besprechungstisch saßen, fast die Augen aus dem Kopf.

„Marek? Was machen Sie denn hier?" fragten sie unisono.

„Das könnte ich euch auch fragen", antwortete Marek mit einem verschmitzten Lächeln und wandte sich auf Italienisch an Mambretti.

„*Buon giorno, Capitano.* Was kann ich für sie tun?"

„*Buon giorno, Commissario.* Schön, dass Sie es einrichten konnten. Maresciallo Ghetti hat Sie ja wahrscheinlich schon ins Bild gesetzt. Wir gehen davon aus, dass die Kleine entführt wurde. Lösegeldforderungen wurden bisher noch nicht gestellt. Nun kamen heute Morgen diese beiden Herrn kurz vor der Pressekonferenz und wollten uns etwas mitteilen, was wir nicht verstehen konnten. Sie haben zwar einen Dolmetscher von der Botschaft angefordert, aber ich würde Sie bitten, diesen Part für uns zu übernehmen, damit es keine Missverständnisse gibt."

„Ich verstehe", sagte Marek mit einem Augenzwinkern, „dann lassen Sie uns anfangen."

42

„Also, meine Herren", wandte er sich an die beiden BKA Beamten, „Capitano Mambretti bat mich zu übersetzen und er möchte wissen, was Sie hierher führt. Sie sind ja bestimmt nicht nur wegen der guten Luft gekommen."

Die beiden sahen sich an. Dann gab sich Bauer einen Ruck.

„Wir haben einen Übersetzer bestellt. Wir brauchen Sie nicht, Marek."

„Der kann ja noch dazukommen, aber ihr müsst schon mit mir vorlieb nehmen, sonst wird das hier nichts. Wo liegt euer Problem?"

Bauer überlegte einen Moment, dann entschloss er sich doch zu antworten.

„Sie sind eigentlich das Problem, Marek. Wir trauen Ihnen nicht."

„Das beruht auf Gegenseitigkeit", lachte Marek, „der Capitano und ich trauen euch auch nicht, aber wenn ihr hier etwas erreichen wollt, müsst ihr kooperieren. Das dürfte selbst euch klar sein. Die Carabinieri unterstehen dem italienischen Innen- und Verteidigungsministerium und müssen euch gar nichts sagen. Betrachtet das also als freundschaftliche Geste, wenn der Capitano mit euch reden möchte."

Die beiden überlegten einen Moment, dann flüsterte Friesen Bauer etwas zu, was Marek nicht verstehen konnte, zog sein Handy aus der Tasche und verließ mit einer kurzen Entschuldigung den Raum.

Marek ahnte, was danach kommen würde.

„Also, sagen Sie dem Capitano bitte folgendes: Da Doktor Bruckner in Bayern eine Person des öffentlichen Interesses ist, hat sich die Staatskanzlei an das LKA in München, und das wiederum an uns gewandt und gebeten, dass wir den Fall hier übernehmen und die Ermittlungen forcieren sollen. Daher möchte ich bitten, uns sämtliche bisherigen Ermittlungsergebnisse zu überlassen."

Marek übersetzte dem Capitano und Mambrettis Mine verdunkelte sich zusehends.

„Sagen Sie Ihnen, dass dies überhaupt nicht in Frage kommt. Da es sich aber um Landsleute der betroffenen Familie handelt, bin ich jedoch bereit, sie an den Ermittlungen teilhaben zu lassen. Mehr nicht."

Marek übersetzte für Bauer, was der Capitano gesagt hatte. In diesem Moment betrat Friesen wieder den Raum, das Telefon immer noch am Ohr.

„Gibt es hier ein Faxgerät?"

„Ja, im Vorzimmer bei Signorina Rigato. Die gibt Ihnen die Nummer. Aber schön brav sein."

„Was war das jetzt?" fragte Ghetti, der bisher nur schweigend dabei gesessen hatte.

„Ich glaube, ihr werdet demnächst von ganz oben eine Anweisung erhalten. Das Ganze wird offenbar zum Politikum. Frag mich bloß nicht, wieso. Ich habe

44

keine Ahnung, aber ich werde es herausfinden."

Kurz darauf kam Friesen zurück und hatte ein breites Grinsen im Gesicht.

„Sagen Sie dem Capitano, dass er innerhalb der nächsten Stunde ein Fax vom Innenministerium mit der Anweisung erhält, uns den Fall zu überlassen. Wir kommen auch in etwa einer Stunde wieder. Und Sie, Marek, kommen uns nicht in die Quere."

„Falls das eine Drohung gewesen sein sollte, schlottern mir jetzt schon die Knie."

Bauer hatte sich erhoben und verließ mit Friesen grußlos den Raum.

„Tja, Capitano, er hat gesagt, dass Sie innerhalb der nächsten Stunde ein Fax vom Innenministerium erhalten, in dem Sie angewiesen werden, diesen beiden James Bond Imitationen den Fall zu überlassen."

Mambretti schlug krachend mit der Faust auf den Schreibtisch.

„Das können die doch nicht machen. Ist das Kind etwa die Tochter eurer Bundeskanzlerin? Ich lasse mir das nicht gefallen. Ich rufe jetzt den Colonnello an. Der soll sich mit Rom in Verbindung setzen."

„Dann viel Glück, Capitano. Ich komme auch in einer Stunde wieder", sagte Marek und verließ mit Ghetti, der sich beim Wutausbruch seines Vorgesetzten bereits in Richtung Türe zurückgezogen hatte, das Büro.

***

Marek und Ghetti saßen im Bereitschaftsraum und tranken Caffè. Marek rührte lustlos in seiner Tasse herum.

„Können die das so einfach machen?"

„Sicher, Michele, das ist bei euch hier genauso wie bei uns in Deutschland. Wenn das BKA sich einschaltet, stehen die anderen stramm. Wenn das deutsche Innenministerium sich mit eurem Innenministerium einigt, könnt ihr nichts dagegen tun. Das ist immerhin euer oberster Dienstherr."

„Glauben die, sie könnten den Fall eher lösen?"

„Darum geht es nicht alleine. Das sind Machtspielchen. Der Bruckner hat offenbar sehr einflussreiche Freunde und die lassen wohl jetzt gerade die Muskeln spielen. Ich würde zu gerne wissen, was da wirklich passiert ist."

„Heißt das, du willst selbst heimlich ermitteln?"

„Warum nicht? Wenigstens ein bisschen. Mir erscheint da einiges sehr dubios zu sein. Der Bruckner hat sich sehr schnell an seine Freunde in der Politik gewandt. Für meinen Geschmack zu schnell. Jetzt erzähl mir doch bitte einmal genau, was vorgestern Nacht geschehen ist."

Ghetti beschrieb minutiös, was er und seine Leute, vom Moment ihrer Ankunft am Tatort an, getan hatten. Marek hörte gespannt zu und machte sich gelegentlich Notizen.

„Also, Bruckner selbst und die Signora Solino haben jeweils nach den Kindern gesehen und gesagt, es wäre alles in Ordnung gewesen?" fragte er, nachdem Ghetti geendet hatte.

„So haben sie es ausgesagt."

„Hast du gefragt, ob sie beide im Zimmer der Kleinen nachgesehen haben?"

„Nein. Ich ging davon aus, dass sie das getan haben", antwortete Ghetti, sichtlich betroffen, einen Fehler gemacht zu haben.

„Dann musst du das umgehend nachholen. Das könnte wichtig sein."

„Die Signora kommt ohnehin noch heute Vormittag wegen des Phantombildes. Da kann ich sie ja gleich fragen."

„Welches Phantombild?"

„Das hatte ich vergessen zu erwähnen. Die Signora hat, als sie nach den Kindern sehen wollte, in der Nähe des Hauses einen Mann gesehen, der ein Kind auf dem Arm trug."

„Das wird ja immer abenteuerlicher. Und da hat sie nicht gleich Verdacht geschöpft und die Eltern informiert?"

„Sie hielt es für nicht so wichtig und hatte es dann vergessen, da ja bei den Kindern alles in Ordnung schien. Erst gestern Nachmittag, als ich noch einmal bei den Eltern war, ist es ihr wieder eingefallen."

„Sie hielt es für unwichtig?" brauste Marek auf. „Da verschwindet ein kleines Mädchen quasi unter den Augen der Eltern und deren Freunden und diese Frau hält das für nicht wichtig? Hat die Spurensicherung wenigstens etwas ergeben? Der Entführer muss ja irgendwie in das Haus gelangt und auch wieder hinaus gekommen sein. Das geht nicht, ohne irgendeine Spur zu hinterlassen und sei sie auch noch so winzig."

„Die sind noch dabei. Bruckner hat sich erst etwas brüskiert. *Verdächtigen Sie uns jetzt,* hat er uns angefahren. Er wollte sich auch gleich bei der Botschaft beschweren."

„Lass ihn einfach meckern. Nur getroffene Hunde bellen, sagt man bei uns. Bin gespannt, was eure Leute finden."

Ein junger Brigadiere steckte seinen Kopf durch die Tür.

„*Scusi, Maresciallo*, eine Signora Solino möchte Sie sprechen. Sie wartet in Ihrem Büro."

„Danke, Bruno. Ich komme sofort."

„Ich werde dann auch mal wieder nach oben gehen. Das Fax müsste ja jeden Moment kommen. Wir sprechen uns später und bring eine Kopie des Phantombildes mit."

***

Als Marek das Büro von Capitano Mambretti betrat, hielt der ihm sofort ein Papier entgegen.

„Das Fax kam gerade rein."

Marek überflog das schreiben und gab es Mambretti mit einem leichten Lächeln zurück.

„Und, was halten Sie davon, Marek?"

„Da hat der Colonnello in Rom doch etwas erreicht. Das sieht nach einem politischen Kompromiss der Ministerien aus."

„Na ja, es ist nicht das, was ich mir erhofft habe, aber besser, als ganz raus zu sein.

„Das wird den beiden aber nicht schmecken."

„Das hoffe ich", grinste Mambretti.

In diesem Moment klopfte es an der Tür und die beiden BKA Beamten betraten selbstsicher und siegesgewiss den Raum.

„Ist das Fax gekommen?" fragte Peter Friesen ohne weitere Vorrede.

„Ja", sagte Marek, „aber es wird euch sicher nicht gefallen."

Friesen und Bauer starrten ihn an.

„Was, wieso nicht? Zeigen Sie her."

Friesen riss Marek das Fax aus der Hand und stierte auf das Papier.

„Das ist ja auf Italienisch."

„Sicher, es ist ja auch eine Anweisung vom italienischen Innenministerium an Capitano Mambretti, und die werden das wegen euch sicher nicht zweisprachig abfassen. Aber ich kann euch verraten, was drin steht. Das deutsche und das italienische Innenministerium haben sich auf einen Kompromiss verständigt. Ihr übernehmt ab sofort die Leitung der Ermittlungen, aber immer unter der Mitarbeit der Carabinieri. Ihr habt also alle Ermittlungsergebnisse an Capitano Mambretti weiterzuleiten."

„Wir werden das nochmal übersetzen lassen. Bis dahin händigen Sie uns bitte den ganzen Vorgang aus."

Marek wandte sich an Mambretti, der ihm einen schmalen Schnellhefter gab, den er dann Friesen aushändigte.

„Das ist alles?"

„Das ist alles. Die Polizei weiß ja erst seit knapp fünfunddreißig Stunden von dem Verschwinden des Mädchens. Davon wurden die ersten vierundzwanzig Stunden mit einer groß angelegten Suchaktion verbracht. Hätte der ermittelnde Beamte während der Suche auch noch Berichte für euch schreiben sollen? Und während ihr hier spätpubertäre Machtspielchen betreibt, geht wertvolle Ermittlungszeit verloren. So, jetzt macht gefälligst eure Arbeit. Ihr wolltet es ja unbedingt so haben und jetzt habt ihr es."

Wortlos verließen die beiden das Büro, während Marek dem Capitano das kurze Gespräch übersetzte.

„*Grazie, signor Marek.* Wie ich Sie kenne, werden Sie sich wahrscheinlich selbst ein Bild von diesem Fall machen wollen. Da ich ja davon nichts weiß, kann ich Sie ja schlecht daran hindern."

Die beiden Männer schüttelten sich in gegenseitigem Einvernehmen die Hand und verabschiedeten sich.

***

„Mit wem hast du telefoniert?" fragte Renate Bruckner, nachdem ihr Mann den Hörer aufgelegt hatte.

„Mit Riedle. Die Leitung der Ermittlungen hat jetzt das BKA und die haben schon zwei Leute hier vor Ort. Außerdem werden jetzt unsere Handys überwacht, falls eine Lösegeldforderung kommen sollte. Ich habe ihn auch gebeten, noch einen Privatdetektiv zu engagieren. Mehr können wir jetzt nicht mehr tun."

***

Die Angaben von Rosanna Solino waren schnell und präzise und so konnte Ghetti schon nach knapp fünfzehn Minuten das fertige Phantombild des Verdächtigen Mannes ausdrucken.

„Danke, Signora, ich hoffe, wir kommen damit weiter. Eine Frage hätte ich noch, bevor Sie gehen. Haben Sie mit eigenen Augen gesehen, dass die Kleine schläft, als Sie nachschauen waren?"

Sie sah ihn verdutzt an.

„Wie meinen Sie das?"

„Ich meine, waren Sie im Kinderzimmer und haben das Mädchen gesehen?"

„Wollen Sie mir irgendetwas unterstellen?" echauffierte sie sich.

„Ich will Ihnen gar nichts unterstellen. Es ist nur eine einfache Frage, die aber notwendig ist, um die Abläufe präzise abzubilden. Also?"

„Nein", antwortete sie zögernd, „Gerhardt, ich meine Dottore Bruckner hat gesagt, dass ich die Türe zulassen soll, damit die Kleine nicht aufwacht. Das habe ich dann auch gemacht. Ich habe nur gehorcht, ob alles ruhig ist und bin wieder gegangen."

„*Bene, grazie signora*, Sie können dann gehen."

„Da hat Roberto doch wieder etwas geahnt", dachte Ghetti nachdem Rosanna Solino das Büro verlassen hatte, „dann fahre ich am besten gleich zu den Bruckners." Vorher ließ er noch schnell das Phantombild vervielfältigen und verteilen. Ein Exemplar nahm er selbst mit.

***

„*Buon giorno, signora*. Kann ich bitte Ihren Mann sprechen?" fragte Ghetti, als Renate Bruckner ihm die Türe geöffnet hatte.

Sie nickte kaum merklich, trat etwas zur Seite und ließ ihn eintreten. Er ging gleich durch ins Wohnzimmer. Dort stand Gerhardt Bruckner mit einem Glas in der Hand am Kaminsims und starrte ihn ungläubig an.

„Ich dachte, Sie haben mit der Sache nichts mehr zu tun?"

„Falsch gedacht, Signor Bruckner, da sind Sie wohl nicht richtig informiert. Es gab zwar Bestrebungen seitens Ihrer Landesregierung, aber die Innenministerien haben sich darauf verständigt, dass wir den Fall zusammen mit den Herren des BKA bearbeiten."

„Das werde ich erst überprüfen bevor ich mit Ihnen rede."

„Das können Sie gerne tun, nur verschwenden Sie damit wertvolle Ermittlungszeit und außerdem, denken Sie bitte daran, dass Sie sich immer noch in unserem Land befinden und wir sind hier die Polizei."

Ghettis Ton hatte beim letzten Satz an Schärfe zugenommen und Bruckner sah ein, dass er keine andere Möglichkeit hatte, als zu kooperieren.

„Also, was wollen Sie?"

„Ich habe nur noch eine Frage: Als Sie nach Ihrer Tochter sahen, haben Sie da die Türe zum Kinderzimmer geöffnet und hineingesehen?"

Bruckner war sichtlich von der Frage überrascht, fing sich aber schnell.

„Nein, ich habe nur an der Türe gehört, ob alles ruhig ist. Warum?"

„Weil ich mich wunderte, als Signora Solino mir vorhin das Gleiche erzählte. Angeblich hätten Sie ihr gesagt, sie solle die Türe nicht öffnen."

„Weil die Türe etwas quietscht und Ann-Kathrin einen sehr leichten Schlaf hatte. Deshalb habe ich sie auch nicht geöffnet. War das jetzt alles?"

„Hatte? … Sie sagten *hatte*."

„Wie bitte? Was meinen Sie?"

„Sie sprachen eben von Ihrer Tochter in der Vergangenheitsform … weil Ann-Kathrin einen leichten Schlaf *hatte*."

„Hatte … hat … was spielt das für eine Rolle. Suchen Sie lieber unser Kind."

„Das werden wir, Signor Bruckner und wir werden es finden. *Arrivederci*."

***

Marek saß vor der Bar Roma auf einem der neuen Sessel, an einem der neuen Tische und trank seinen nachmittäglichen Cappuccino. Luca hatte das alte Plastikmobiliar mit den pinkfarbenen Sesseln und den weißen Klapptischen gegen etwas massivere Metalltische und Sessel mit einem braunen Kunststoffgeflecht ausgetauscht, das an Rattan Möbel erinnerte. Höchste Zeit, wie Marek fand. Er zündete sich gerade eine Zigarette an, als Michele Ghetti langsam an der Piazza vorbei fuhr. Als er Marek erblickte, stellte er seinen Wagen am Straßenrand ab, stieg aus und kam winkend auf ihn zu.

„Ich war gerade auf dem Weg zu dir."

„Schön, was gibt es denn? Irgendetwas Neues?"

„Erstens hattest du wieder einmal Recht, weder Bruckner noch Signora Solino waren im Kinderzimmer. Angeblich würde die Türe quietschen, deshalb hatte der Dottore der Signora gesagt, sie solle die Türe nicht öffnen. Er selbst hätte sie aus diesem Grund auch nicht geöffnet."

„Aha", meinte Marek nach einem Moment des Nachdenkens, „das könnte interessant sein. Stand nicht in deinem Befragungsprotokoll, dass die Kleine ein Beruhigungsmittel erhalten hatte?"

„Ja, warum?"

„Und zweitens?" überging Marek die Frage.

Ghetti war wieder einmal, wie schon so oft, seit sie sich kannten, mit den abrupten und Drehungen und Wendungen der Gedankengänge seines Freundes völlig überfordert.

„Wie, und zweitens?"

„Du sagtest eben, *erstens hattest du wieder einmal Recht*, also müsste jetzt ein *zweitens* kommen, oder?"

„Ach so, ja, und zweitens habe ich dir einen Abzug des Phantombilds mitgebracht."

Er zog ein größeres Foto aus einem Umschlag, den er neben sich auf den Sitz gelegt hatte, und reichte es Marek. Der betrachtete sich das Bild nur kurz und legte es dann auf den Tisch.

„Den Mann will die Signora gesehen haben?"

„Ja, sie konnte ihn sehr gut und schnell beschreiben."

„Das glaube ich. So sieht jeder zweite Süditaliener zwischen zwanzig und vierzig aus. Das Bild bringt garantiert nichts, außer vielleicht einem Haufen unsinniger Anrufe."

„Kann schon sein", meinte Ghetti resigniert, „ich hoffe nur, dass wir das Mädchen bald finden. Glaubst du sie lebt noch?"

Marek kratzte sich am Kinn und sah seinen Freund skeptisch an.

„Ich hoffe es zwar, aber ich habe da ein sehr ungutes Gefühl in der Bauchgegend."

Einen Moment saßen beide schweigend da und guckten Löcher in die Tischplatte. Auf einmal hob Marek den Kopf und fragte: "Hast du Silvana auch das Foto geschickt? Du weißt ja, sonst werden wir geviertelt."

„Natürlich, oder glaubst du ich bin lebensmüde?" erwiderte Ghetti lachend und verabschiedete sich.

Marek trank seinen Cappuccino aus und ging nach Hause. Vor einem Supermarkt hielt er kurz an und überlegte, ob er etwas für das Abendessen einkaufen sollte, aber dann kam ihm die Idee Silvana zu fragen, ob sie mit ihm in *ihrer* Trattoria bei Rosa etwas essen gehen wollte. Doch die Vorfreude wich ganz schnell der Ernüchterung.

„Es tut mir leid, *caro*, aber ich habe heute keine Zeit. Ich muss mit meinem Artikel zu dem Entführungsfall fertig werden. Sei nicht böse. Morgen, versprochen."

Damit war das Gespräch beendet und so blieb ihm nichts anderes übrig, als mit dem kärglichen Inhalt seines Kühlschranks auszukommen. Zum Einkaufen hatte er nun auch keine Lust mehr.

Etwas *Prosciutto di Parma*, ein Stück *Provolone*, ein paar Oliven und ein Panino vom Morgen mussten ausreichen. Wein hatte er glücklicherweise noch ausreichend zu Hause.

Nachdem er alles vertilgt und mit ein paar Gläschen Raboso heruntergespült hatte, setzte er sich mit Caffè und Zigarette an seinen Schreibtisch. Instinktiv fing er an Fakten und Indizien dieser Entführung auf kleine Zettel zu notieren, so wie er es schon während der anderen drei Fälle getan hatte, die er seit seiner Ankunft vor neunzehn Monaten bereits aufklären konnte. Die abgeplatzte Farbe an der Wand über seinem Schreibtisch zeugte davon, wo die unzähligen Notizzettel einst, gleich dem berühmten roten Faden, aufgeklebt waren. Jedes Mal hatte er sich vorgenommen die Wand neu zu streichen, doch irgendwie kam immer etwas dazwischen. Und so befestigte er die ersten dieser neuen Zettel wieder an den Stellen, wo schon so viele ihrer Vorgänger klebten.

Irgendetwas an diesem Fall machte ihn etwas stutzig. Er konnte es bislang nur noch nicht so richtig einordnen. Sein Bauchgefühl hatte ihn jedoch noch nie getrogen.

6. Mai

Marek war für seine Verhältnisse schon relativ früh aufgestanden. Jetzt saß er an seinem Küchentisch, trank Caffè, aß zwei mit Vanillecreme gefüllte Cornetti und schlug den *Gazzettino* auf. Die Entführung, sofern es denn überhaupt eine war, hatte es noch nicht auf die ersten Seiten geschafft. Erst im Regionalteil fand er Silvanas Artikel mit dem Phantombild. Ein Allerweltgesicht, zumindest für diese Breiten, glotzte ihm aus der Zeitung entgegen und in Marek regte sich immer mehr der Verdacht, dass es diesen ominösen Fremden gar nicht gab. Aber warum zum Teufel machte dann die Signora, die Gattin eines sehr bedeutenden Industriellen, eine solche Aussage. Dass sie etwas mit dem Verschwinden der Kleinen zu tun hatte, glaubte Marek nicht. Warum dann? Wollte sie jemanden schützen? Da käme ja dann nur das Ehepaar Bruckner in Frage, aber das sind die Eltern. Welche Eltern entführen ihr eigenes Kind, melden der Polizei eine Entführung und setzen dann noch über ihre Beziehungen alle Hebel in Bewegung, um das BKA einzuschalten? Außerdem wäre da noch der Zeitfaktor. Sowohl Bruckner, als auch Signora Solino waren nur kurz nach den Kindern sehen. Aber wie lange genau?

Marek griff nach seinem Telefon und rief Ghetti in der Caserma an.

„Wie lange waren Bruckner und Signora Solino weg, um nach den Kindern zu sehen?"

„Nicht lange."

„Geht das auch ein bisschen genauer? Habt ihr bei den Vernehmungen nicht danach gefragt?"

„Nein, tut mir leid, Roberto. Daran haben wir in der Aufregung nicht gedacht, aber das klingt ja so, als würdest du die Eltern und die Solinos verdächtigen."

„Ich verdächtige niemanden, ich will nur eine möglichst exakte Zeitschiene der Geschehnisse erstellen. Finde das bitte heraus und frag am besten auch das Personal im Hotel. Solch eine illustre Gesellschaft wird ja wohl während des Essens nicht unbeobachtet geblieben sein."

„Mache ich gleich. Muss nur noch ein paar Leute für den Telefondienst einteilen. Dutzende von Anrufern wollen den Mann auf dem Phantombild gesehen haben. Mal mit Kind, mal ohne. Mal in Caorle, mal in Portogruaro, dann wieder in Treviso oder in Venedig. Die Telefone stehen nicht still."

„Hab ich dir doch gleich gesagt. Das könnt ihr vergessen. Ich bezweifle mittlerweile, dass der Mann mit dem Kind überhaupt existiert hat."

„Was...? Aber das würde...", stammelte Ghetti überrascht.

„Vergiss es", unterbrach ihn Marek, „aber ich hätte noch eine Bitte: Könntest du etwas von der Kleinen für einen möglichen DNA Abgleich besorgen? Vielleicht eine Haarbürste?"

„Gut, mache ich, *ciao Roberto*."

***

Marek beschloss einen Spaziergang zu machen. Er musste nachdenken und das konnte er am besten, wenn er auf dem Damm, der parallel des Canale dell` Orologio bis zur Via del Leone verlief, entlang ging. Es war ein schöner Vormittag. Keine Wolke war am azurblauen Himmel zu sehen. Die Sonne hatte schon erheblich an Kraft zugelegt und ließ das Thermometer in Richtung dreißig Grad ansteigen. Marek begann zu schwitzen und lenkte seine Schritte in Richtung Altstadt und dann hinunter zur Promenade. Hier am Meer wehte ein recht ordentlicher Wind und leichte Wellen rollten gegen den Strand. Weit im Süden, über der Adria, türmten sich mittlerweile einige Gewitterwolken auf. Marek schlenderte zur Chiesa Madonna dell` Angelo. Der kleinen Kirche, in der er sich immer irgendwie geborgen fühlte, obwohl er in keiner Weise auch nur im Ansatz religiös war, und in der sein letzter, und bislang schwierigster Fall, eine entscheidende Wendung genommen hatte. Hinter der Kirche, an der Spiaggia di Levante, sah er die ersten Surfer, die sich von etwas Ähnlichem wie einem Fallschirm ziehen ließen. Dabei hoben sie teilweise mehrere Meter hoch ab. Doch Marek schenkte dem Treiben keine Beachtung. Er setzte sich im überdachten Vorraum der Kirche auf eine hölzerne Bank, steckte sich eine Zigarette an und hing seinen Gedanken nach.

Distanziert betrachtete er die wenigen Fakten, die es zum Verschwinden der kleinen Ann-Kathrin Bruckner gab. Er hatte noch keinen richtigen Bezug zu diesem Fall gefunden und das verwunderte ihn doch einigermaßen. Einerseits hatte er Silvana versprochen, in keinen gefährlichen Fällen mehr zu ermitteln, da er bei seinem letzten Fall drei Anschlägen auf sein Leben nur knapp entgangen war und sie immer noch Angst um ihn hatte, andererseits wollte er sich noch nicht auf sein Altenteil zurückziehen, dafür war er seiner Meinung nach noch zu fit und zu jung. Und wenn Ghetti seine Hilfe benötigte...

Das leise Rauschen der Wellen und der warme Wind, der sanft durch die Vorhalle der kleinen Kirche wehte, machten ihn müde. Er lehnte sich zurück und die Geräusche um ihn herum traten immer mehr in den Hintergrund.

***

Er stand vor dem Haus der Bruckners. Es war dunkel und kein Mensch weit und breit zu sehen. Das Fenster oberhalb des Eingangs öffnete sich und plötzlich schwebte das kleine Mädchen hinaus. Sie landete unmittelbar neben ihm. In ihrer Hand hielt sie ein Stofftier und eine rosafarbene Decke. Vor dem Tor zur Zufahrt erschien ein Mann, dessen Bild er schon einmal in der Zeitung gesehen hatte. „Komm", rief der Mann und streckte seine Hand aus. Die Kleine schüttelte vehement den Kopf und der Mann verschwand. Dann sah sie ihn an. In ihren Augen spiegelten sich Trauer und Leid. Sie wollte gerade etwas sagen, als er ein festes Rütteln an seiner Schulter verspürte.

„Signore, signore."

Marek öffnete die Augen und sah in das besorgte Gesicht eines Priesters.

„Geht es Ihnen nicht gut, Signore? Soll ich den Dottore rufen?"

Marek richtete sich auf und sah auf die Uhr. Über eine Stunde hatte er geschlafen.

„Nein, danke. Nicht nötig Padre. Ich bin nur etwas eingeschlafen."

Es war höchste Zeit für das Mittagessen. Da er keine Lust mehr hatte, noch einzukaufen und zu kochen, beschloss er bei Rosa vorbeizuschauen. Die Trattoria lag ohnehin auf seinem Heimweg.

Rosangela Ricetto hatte Marek, als er das erste Mal in ihrer Trattoria zum Essen war, sofort wie ihren Sohn adoptiert. Ihr gefiel der kräftige Mann, der offenbar immer Hunger hatte und der aber auch so viel von guter Küche und gutem Wein verstand. Auch wenn das Lokal mittags noch geschlossen war, wurde Marek mit *spaghetti alle vongole* und einem gut gekühlten Gläschen Verduzzo verwöhnt.

„Ich komme heute Abend mit Silvana zum Essen. Was kannst du empfehlen?" fragte er, nachdem Rosa ihn mit Caffè und Grappa versorgt hatte.

„Ich bekomme später ein paar frische Hühner. Wie wäre es mit *po'lastro in tecia?"*

„Klingt wunderbar. Ich liebe dich!"

„Lass das nicht Silvana hören", lachte Rosa und zupfte ihre Dauerwelle zurecht.

***

Marek hatte sich auf dem Rückweg noch ein paar Cannoli besorgt, die er nun genüsslich verspeiste. Gerade als er sich die letzte Gebäckrolle in den Mund schieben wollte, klingelte sein Handy. Er überlegte kurz, ob er das Telefon ignorieren sollte, doch als er Ghettis Nummer auf dem Display sah, legte er schweren Herzens das Gebäck zurück auf den Teller.

„Was gibt es, Michele?"

„Du wolltest doch wissen, wie lange Signor Bruckner und Signora Solino abwesend waren, um nach den Kindern zu sehen. Die beiden konnten sich offenbar nicht mehr genau daran erinnern. Ein paar Minuten, mehr nicht, sagten beide aus."

„Ja, und?" drängte Marek.

„Ich habe dann das Hotelpersonal befragt und die konnten sich sehr gut erinnern. Signor Bruckner ging, bevor das Dessert bestellt war, und kam zurück, kurz nachdem es serviert wurde. Laut Kellner waren das etwa fünfundzwanzig Minuten. Die Signora dagegen war schneller zurück. Höchstens nach fünfzehn bis siebzehn Minuten."

„Na sieh einer an. Was hat der so lange gemacht? Vom Hotel zum Haus ist es wie weit?"

„Etwa fünfhundert Meter."

„Angenommen, er wäre langsam gegangen. Aus dem Restaurant durch das Foyer, die Treppe zur Promenade hinunter, er hat ja sicher nicht den Hinterausgang benutzt, und dann in normalen Tempo zum Haus. Dort schließt er auf, geht die Treppe hoch, horcht an beiden Kinderzimmern und geht genauso wieder zurück. Wie lange hätte er deiner Meinung nach gebraucht?"

„Maximal achtzehn Minuten, eher weniger, wie die Signora. Aber so kann es nicht gewesen sein. Einer der Kellner sagte mir noch, dass Bruckner außer Atem und verschwitzt gewesen sei, als er wiederkam, und seiner Frau hätte er gesagt, er sei nur schnell gelaufen."

„Versteht der Kellner deutsch?"

„Sehr gut, er ist Österreicher."

„Wir müssen den zeitlichen Ablauf noch einmal vor Ort überprüfen. Da kann etwas nicht stimmen."

„Du meinst…?"

„Ich meine noch gar nichts, aber so lange das BKA mit im Boot ist, darfst du keinen Fehler machen und nichts außer Acht lassen. Wir treffen uns morgen Abend um sieben am Hotel. Gibt es eigentlich etwas Neues vom Phantombild?"

„Wir hatten fast sechshundert Anrufe aus der ganzen Region", stöhnte Ghetti, „aber nur zwei Spuren klingen vielversprechend. Denen gehen die Kollegen gerade nach. Dann bis morgen. *Ciao*."

***

„Gib es doch zu, du bist schon wieder mittendrin in diesem Fall", maulte Silvana und stopfte sich eine Gabel Salat in den Mund.

„Nein, aber ich mache mir halt meine Gedanken darüber und da gibt es ein paar Dinge, die mich beschäftigen."

„Du brauchst dich gar nicht zu rechtfertigen. Am Ende wird es wieder so sein wie immer, du steckst bis über beide Ohren in einem Fall."

Marek wusste, dass ihre Unterhaltung und somit der ganze Abend auf der Kippe stand und so versuchte er dem Ganzen eine Wendung zu geben.

„Wollen wir jetzt essen oder streiten? Das Huhn ist doch köstlich, oder?"

„Du brauchst nicht abzulenken", meinte Silvana lächelnd und in einem versöhnlichen Tonfall, „in diesem Fall wäre es mir sogar recht, wenn du das Schwein finden würdest, das die Kleine entführt hat. Was das arme Kind wohl alles durchmachen muss?"

Er war einigermaßen erleichtert, hatte er doch jetzt einen Freibrief für seine eigenen Ermittlungen erhalten und um Silvana bei Laune zu halten, erzählte er ihr alles, was er bisher in Erfahrung bringen konnte.

„So, nun bist du auf dem gleichen Stand wie ich."

Marek lehnte sich genüsslich zurück und trank seinen Caffè. Silvana strich sich durchs Haar und sah ihn einen Moment lang verständnislos an.

„Und wo sind jetzt die Ungereimtheiten, von denen du sprachst? Ich kann keine erkennen."

„Die liegen doch ganz klar vor uns."

„*Roberto!*" funkelte sie ihn böse an und er wusste, dass er sie nicht länger auf die Folter spannen durfte.

„Schon gut, schon gut", wiegelte er ab, „also, erstens ist da der Zeitfaktor. Bruckner war etwa fünfundzwanzig Minuten weg, um nach den Kindern zu sehen, Signora Solino fünfzehn bis siebzehn Minuten. Für maximal tausend Meter hin und zurück ist das ein enormer Unterschied."

„Vielleicht hat die Signora sich mehr beeilt oder nicht richtig nachgesehen."

„Im Gegenteil, laut Aussage eines Kellners kam Bruckner außer Atem und geschwitzt zurück und sagte zu seiner Frau, er sei schnell gelaufen. Michele und ich werden morgen noch genau überprüfen, wie lange man benötigt. Und richtig nachgesehen, das ist Punkt zwei, hat keiner. Weil die Türe zum Kinderzimmer angeblich quietscht, haben weder er noch sie die Türe geöffnet um nachzusehen. Damit wächst die Zeitspanne einer möglichen Entführung von einer Stunde wieder auf fünf Stunden an. Der nächste Punkt ist der, dass Bruckner nach der nächtlichen Suchaktion als erstes seine politischen Freunde anrief, die sofort dafür sorgten, dass diese zwei Kasper vom BKA die Ermittlungen an sich reißen konnten und er die Arbeit von Michele und seinen Leuten versucht zu behindern, wo er nur kann. Zuletzt Punkt vier. Das Phantombild. Zuerst erschien es Signora Solino nicht wichtig, einen Mann mit Kind auf dem Arm in der Nähe von Bruckners Haus gesehen zu haben, sodass sie es vergaß zu erwähnen und am nächsten Tag fällt es ihr plötzlich wieder ein und sie liefert eine perfekte Beschreibung ab; allerdings die, eines Allerweltgesichts."

„So, wie du es gerade geschildert hast, klingt das schon recht merkwürdig, aber welche Beweggründe könnten diese Leute haben, der Polizei falsche oder unvollständige Angaben zu machen? Mein Gott! Es sind die Eltern und deren Freunde. Das gibt doch keinen Sinn."

„Ich kann mir ja auch noch keinen Reim darauf machen. Vielleicht ist das ja alles Blödsinn, aber wenn etwas dahinter steckt, finden wir es heraus."

„Da habe ich keine Zweifel, du alter Schnüffler. Lass uns bitte gehen, ich muss morgen sehr früh in der Redaktion sein."

***

Nachdem Marek Silvana bis vor ihrer Wohnung in der Viale Falconera begleitet hatte, ging er zurück zu seinem Wagen und fuhr gemächlich nach Hause. In seinem Kopf zeichneten sich verschwommen einige Bilder ab, die er aber weder zu deuten, geschweige denn, etwas damit anzufangen wusste. Sie waren aber da und ließen ihm keine Ruhe.

7. Mai

„Guten Morgen Herr Doktor Bruckner. Mein Name ist Rudolf Veith. Ich bin Privatdetektiv aus München. Herr Riedle hat mich engagiert, um Ihre Tochter zu suchen."

Bruckner saß bei einer Tasse Tee am Frühstückstisch, bekam aber keinen Bissen hinunter. Er hatte die ganze Nacht kein Auge zugetan. Der Tee war auch schon kalt.

„Guten Morgen Herr Veith. Wo sind Sie?"

„Ich stehe mit meinem Wagen in der Nähe Ihres Hauses, aber da sind einige Fotografen vor dem Eingang und ich denke, es wäre nicht gut, wenn ich abgelichtet würde. Gibt es einen Hintereingang?"

„Leider nicht. Ich werde versuchen, diese Leute wegzuschicken. Sonst müssten wir uns vielleicht im Park Hotel Pineta treffen. Das ist ein Stückchen weiter unten."

„Schön und gut, aber ich würde mir auch gerne auch das Zimmer Ihrer Tochter ansehen."

„Warten Sie bitte einen Moment. Ich will sehen was ich machen kann."

Kurz darauf öffnete Bruckner die Haustüre und schon wurden alle Kameras auf ihn gerichtet. Er ging vor bis zu dem niedrigen Zaun, der das Grundstück zur Straße hin abgrenzte und sprach, mal ruhig, mal wild gestikulierend mit den anwesenden Journalisten und Fotografen. Der Detektiv beobachtete die Szene aus sicherer Distanz. Nach ein paar Minuten stiegen plötzlich alle in ihre Fahrzeuge und fuhren davon. Veith wartete noch einen Augenblick, dann stieg er aus und ging hinüber zu Bruckner, der am Tor stehen geblieben war.

„Können Sie sich ausweisen, Herr Veith? Ich hoffe, Sie verstehen meine Vorsicht."

Der Detektiv zeigte Bruckner seinen Ausweis und entnahm seiner Brieftasche noch eine Visitenkarte, die er ihm überreichte. Die beiden Männer gingen zum Haus. An der Türe musterte Veith noch einmal kurz die Umgebung, dann ging auch er hinein.

„Wie haben Sie es geschafft, diese Hyänen loszuwerden?"

„Es war nicht einfach. Wir mussten zusagen, heute Nachmittag in den Räumen eines lokalen Fernsehsenders eine Pressekonferenz abzuhalten, an die sich dann ein Aufruf an die Entführer im Fernsehen anschließen soll."

***

Marek saß mit Caffè und Zigarette an seinem

Schreibtisch und starrte auf die Zettel an der Wand, was ihm jedoch im Moment auch keine Erleuchtung brachte. Das Klingeln seines Telefons riss ihn aus seinen Überlegungen. Es war Silvana.

„Weißt du, was unser Fotograf mir gerade berichtet hat?"

„Nein, woher denn? Aber du wirst es mir bestimmt gleich sagen."

„Er stand heute Morgen mit ein paar Kollegen und einem Team von Televenezia vor dem Haus der Bruckners, falls sich dort etwas in diesem Fall ergeben würde. Ein paar Schnappschüsse, du weißt schon. Jedenfalls kam plötzlich Bruckner aus dem Haus und wollte, dass alle sofort verschwinden. Die Kollegen haben das natürlich abgelehnt."

„Ich dachte, deine Kollegen sind seröse Pressefotografen und keine Paparazzi."

„Sind sie auch, nur können wir solch eine Story nicht alleine der Boulevardpresse überlassen. Aber jetzt kommt das Beste. Nach einer kurzen Diskussion machten die Kollegen von Televenezia einen Vorschlag. Wenn das Ehepaar Bruckner heute Nachmittag um sechzehn Uhr im Sender erscheint und dort eine Pressekonferenz gibt und anschließend einen Aufruf an die Entführer im Fernsehen macht, würden alle sofort abziehen. Bruckner hat sofort eingewilligt. Was sagst du nun?"

Marek kratzte sich am Hinterkopf.

„Und er hat sofort eingewilligt, sagst du?"

„Ja, hat er. Warum?"

„Und dein Kollege ist auch gleich weggefahren?" ignorierte er Silvanas Frage.

„Ja, was hätte er denn noch dort tun sollen?"

„Na, sich zum Beispiel auf die Lauer legen und warten, was sich da tut. Dass der Bruckner so schnell eingewilligt hat, muss einen Grund gehabt haben und der würde mich brennend interessieren. Ich fahre gleich mal hin. Vielleicht bekomme ich noch etwas zu sehen. *Ciao, cara.*"

Marek beendete das Gespräch ohne die Proteste Silvanas abzuwarten, packte noch seine Digitalkamera in seine Umhängetasche und verließ das Haus.

Als er die Piazza Udine überqueren wollte, kam ihm mit hoher Geschwindigkeit ein silberner Alfa entgegen, der gleich nach rechts auf den Corso Chiggiato einbog und verschwand.

Nicht die Tatsache der überhöhten Geschwindigkeit dieses Wagens erregte Mareks Aufmerksamkeit, sondern das Kennzeichen, ein deutsches Kennzeichen aus München. Das ist, unter normalen Umständen in dieser Jahreszeit eigentlich nichts Ungewöhnliches, dachte er, aber im Zusammenhang mit diesem Entführungsfall eventuell schon. Er trat unvermittelt auf die Bremse, was ihm ein gellendes Hupkonzert und einige unflätige Beschimpfungen einbrachte.

„Ja, ja, ist ja gut", grummelte Marek und stellte den Lada am Straßenrand ab. In der Ablage fand er einen Kugelschreiber. Er notierte sich schnell die Fragmente des Kennzeichens, die er noch mitbekommen hatte, auf die Handfläche.

„Man weiß ja nie, für was es gut ist", dachte er und reihte sich wieder in den Verkehr ein. Am Ende der Viale Falconera parkte er seinen Wagen in Sichtweite von Bruckners Haus. Eine halbe Stunde lang beobachtete er das Anwesen, ohne dass sich etwas Auffälliges tat. Marek schnickte die Zigarettenkippe aus dem Fenster und fuhr einigermaßen enttäuscht zurück. Vielleicht brachte ja da Kennzeichen des Alfa etwas.

In seiner Wohnung angekommen, schrieb er die Teile des Kennzeichens, die er sich auf die Handfläche gekritzelt hatte, auf einen Zettel, griff nach dem Telefon und rief seinen Freund Paul in Frankfurt an.

Paul Krüger war Mareks Freund seit ihrer gemeinsamen Zeit auf der Polizeischule. Einer der wenigen Freunde, die Marek hatte.

„Hallo Paul! Wie geht's dir? Wann kommst du mich mal wieder besuchen?"

„Hallo Robert. So einen Redeschwall bin ich von dir ja gar nicht gewohnt. Raus mit der Sprache, was kann ich diesmal für dich tun?"

„Das ist nicht fair", tat Marek beleidigt, „ich wollte wirklich wissen, wie es dir geht."

„Mir geht es soweit gut. Im Präsidium herrscht das Chaos. Der junge Schnösel, mit dem du zuletzt das Büro teilen musstest, bekommt überhaupt nichts auf die Reihe und dein ehemaliger Chef steht vor einer Beförderung, obwohl die Aufklärungsrate nach deinem Abgang gewaltig gesunken ist. So, was kann ich nun für dich tun?"

„Tja, wo du es gerade sagst, könntest du für mich ein Kennzeichen überprüfen?"

„Wusste ich es doch. In was für einen Fall bist du denn diesmal wieder reingeschlittert."

„Och, das ist nur rein informativ. Hier wurde ein kleines Mädchen entführt. Die Tochter eines…"

„Die Tochter von diesem Arzt, diesem Bruckner?" unterbrach ihn Krüger.

„Ja, genau. Woher weißt du das?"

„Das steht hier auch in der Zeitung. Hat große Wellen geschlagen. Der muss wohl prominente Freunde haben."

„Du sagst es. Bauer und Friesen vom BKA sind deswegen auch hier."

„Diese Komiker? Was hat das alles mit dem Autokennzeichen zu tun?"

„Weiß ich noch nicht. Ist vielleicht nix dran, aber ich habe da so ein Gefühl."

„Dein Gefühl kenne ich. Gib mir mal das Kennzeichen durch."

„München-RV 9... die restlichen Ziffern konnte ich nicht mehr erkennen. Es war ein silberner Alfa. Das Modell weiß ich nicht. Die sehen ja heute alle gleich aus."

„Mal sehen, was ich machen kann. Ich rufe dich an, sobald ich etwas habe. Mach`s gut Alter."

„Danke, du auch. Grüß` auch Jakob und den Doc von mir."

Jakob Jung, Kriminaltechniker und Kurt, genannt „Doc", Stängl, Gerichtsmediziner, komplettierten Mareks kleinen Freundeskreis in Frankfurt. Diese beiden waren, neben Paul Krüger, die einzigen, die ihn bei seinen unkonventionellen Ermittlungsmethoden unterstützten und so zur Aufklärung zahlreicher Gewaltverbrechen beitrugen.

***

Marek hatte das Fernsehgerät eingeschaltet und es sich in seinem Sessel bequem gemacht. Auf Televenezia wurde gerade eine Sondersendung zum Entführungsfall der deutschen Arzttochter angekündigt. Ein Moderator mit einer schmalen Lesebrille auf der Nasenspitze, erklärte den Zuschauern, was sich in Caorle ereignet hatte. Zurzeit würde noch eine Pressekonferenz für die schreibende Zunft stattfinden, für die der Sender selbstverständlich und unbürokratisch die Räumlichkeiten zur Verfügung gestellt hatte und die jeden Moment beendet sein würde. Im Anschluss daran würden die Eltern einen Aufruf an die Entführer richten, den der geneigte Zuschauer dann live auf diesem Sender mit verfolgen könne.

Nach einer kurzen Werbeunterbrechung, es gab Teppiche im Sonderangebot, wurde in ein Sendestudio umgeschaltet. An einem länglichen Tisch mit einer weißen Decke saßen rechts eine Moderatorin, in der Mitte das Ehepaar Bruckner, beide mit einem gefassten Gesichtsausdruck, und links…

„Das glaube ich doch jetzt nicht!" fuhr Marek auf, denn auf der linken Seite saßen die Herren Bauer und Friesen vom BKA und glotzten in die Kamera.

Die Moderatorin setzte die Zuschauer kurz ins Bild, welches Verbrechen sich vor nunmehr vier Tagen in dem kleinen und sonst so beschaulichen Caorle ereignet hatte. Da es bis zum heutigen Tag noch keinerlei Lebenszeichen des kleinen Mädchens und auch keine Lösegeldforderung gegeben habe, hätten die Eltern um die Möglichkeit eines Aufrufs an die Entführer gebeten. Der Sender sei dieser bitte natürlich umgehend nachgekommen.

„Diese falschen Fünfziger", brummte Marek, der ja durch Silvana den wahren Hintergrund dieser Veranstaltung kannte.

Da das Ehepaar Bruckner in ihrer Heimat sehr

prominent sei und die hiesige Polizei noch keine Ergebnisse vorweisen konnte, fuhr die Moderatorin fort, hätte man sich seitens der Behörden entschlossen, zwei Spezialisten vom deutschen Bundeskriminalamt hinzuzuziehen und sie mit der Leitung der Ermittlungen zu betrauen.

„Was ist das denn für ein Scheiß?" brüllte Marek wieder und sprang aus seinem Sessel auf. „Spezialisten! Dass ich nicht lache. Die können ja nicht einmal einen Fahrraddieb schnappen, selbst wenn er ihnen mit dem geklauten Rad über die Füße fährt."

Wütend steckte er sich eine Zigarette an und ließ sich wieder in den Sessel fallen.

Nach dieser Einführung war dann Renate Bruckner an der Reihe. In holprigem Italienisch bat sie die Entführer ihrer Tochter nichts anzutun und sie unversehrt in den Schoß ihrer Familie zurückzugeben. Sie sollten doch auch bitte die Bedingungen für die Freilassung ihrer Tochter nennen. Dabei rannen ihr unentwegt Tränen über die Wangen. Gerhardt Bruckner dagegen saß mit stoischer Miene neben ihr und nickte gelegentlich zustimmend.

Anschließend fragte die Moderatorin die beiden BKA Beamten, ob es bereits eine heiße Spur oder neue Erkenntnisse gäbe. Bruckner fungierte dabei als Übersetzer.

Bauer und Friesen sahen sich kurz an, dann räusperte sich Friesen, plusterte sich auf und ergriff das Wort. Ja, es lägen eine Reihe wichtiger Erkenntnisse vor und man verfolge auch im Moment eine heiße Spur, zu der er aber aus ermittlungstechnischen Gründen keine Angaben machen könne.

„Gar nichts weißt du", brummte Marek und schaltete den Fernseher aus. Wütend drückte er seine Zigarettenkippe im Aschenbecher aus, als das Telefon klingelte.

„*Pronto!*" blaffte er in den Hörer.

„Was ist denn mit dir los?" fragte Paul Krüger irritiert.

„Ach, du bist es. Hier haben sie gerade im Fernsehen einen Aufruf der Eltern des verschwundenen Mädchens an die Entführer gebracht. Bauer und Friesen saßen auch dabei und erzählten etwas von einer heißen Spur. Nichts haben sie, gar nichts."

„Nun komm mal wieder runter. Ich habe jedenfalls etwas, das dich interessieren könnte. Ich habe das Kennzeichen überprüft. Es gibt nur einen Alfa in München, auf den die Fragmente des Kennzeichens passen, die du mir gegeben hast. Der Halter ist ein gewisser Rudolf Veith und der ist Inhaber einer bekannten Detektei."

„Das ist ja ein Ding! Deshalb hat sich Bruckner auf dieses Affentheater eingelassen. Es sollte niemand seinen Besucher sehen."

„Was meinst du jetzt damit?"

Und Marek erzählte seinem Freund, wie es zu dieser Fernsehsendung und der vorangegangenen Pressekonferenz gekommen war.

***

Als Marek an diesem Abend um kurz vor sieben seinen Lada vor dem Park Hotel Pineta abstellte, wartete Ghetti bereits auf ihn.

„Ciao Michele. Hast du zufällig diesen Fernsehauftritt der Bruckners mitbekommen?"

„Ja, warum?"

„Ist da irgendetwas dran?"

„Was meinst du?"

„Ich meine, die heiße Spur, von der Friesen gefaselt hat."

„Nicht dass ich wüsste. Wir haben die beiden ohnehin schon länger nicht mehr gesehen. Die haben sich hier im Hotel ein Büro eingerichtet und lassen uns außen vor. Der Capitano schäumt schon vor Wut. Wir gehen einer Reihe von Spuren nach, vor allem nach den Anrufen zu diesem Phantombild, aber bisher war nichts Brauchbares dabei. Die Kollegen in Ancona hatten einen Mann, auf den die Beschreibung passte und der mit einem kleinen, blonden Mädchen auf die Fähre nach Griechenland wollte, vorrübergehend festgenommen. War aber falscher Alarm. Das Mädchen war die Tochter seiner Schwester, die ebenfalls blond ist und in Corfu auf die beiden wartete."

„Dann lass uns hier verschwinden, bevor die uns sehen."

Ghetti zog eine Stoppuhr aus der Tasche, dann marschierten sie in einem gemächlichen Schritttempo los. Von der Via Emilia über die Viale Falconera. Auf dem Weg erzählte Marek Ghetti, was er von Silvana über das Zustandekommen der Pressekonferenz und des Fernsehauftritts erfahren hatte, und auch die Geschichte mit dem silbernen Alfa.

„… und siehe da, Bruckner hat offenbar noch zusätzlich einen Privatschnüffler aus München engagiert."

Direkt vor Bruckners Haus stoppte Ghetti die Zeit.

„Das waren jetzt knapp sechseinhalb Minuten. Das bedeutet die Zeitangabe von Signora Solino stimmt, aber Bruckner selbst hat mindestens zehn Minuten länger benötigt. Was hat er in dieser Zeit gemacht?"

„Am Bett der kleinen gesessen hat er mit Sicherheit nicht, da er ja nach eigenen Angaben nicht einmal die Türe geöffnet hat. Außerdem kam er, nach Aussage des Kellners, abgehetzt zurück, weil er, wie er seiner Frau sagte, schnell gelaufen war. Ich denke ihr solltet euch die Eltern noch einmal genauer vornehmen. Bin gespannt, was sie dazu zu sagen haben."

„Aber das blocken deine lieben Ex-Kollegen doch wieder ab."

„Erstens sind das keine Ex-Kollegen. Das waren noch nie meine Kollegen", schnaubte Marek, „ und zweitens müssen sie es ja vorher nicht wissen. Die beziehen euch ja auch nicht mit ein, obwohl das der Deal ist, oder?"

„Da hast du recht. Ich werde sie gleich morgen aufsuchen."

„Ich würde sie vorladen. Das erzeugt mehr Druck. Sie sollen ruhig wissen, dass ihr euch mit ihnen beschäftigt."

Ghetti war etwas unwohl bei dem Gedanken, die Eltern des vermissten Mädchens vorzuladen.

„Findest du das nicht etwas überzogen? Das sind immerhin die Eltern."

„Mag sein", wiegelte Marek ab, „aber hier geht es in erster Linie um das Kind und ich bleibe dabei, dass hier etwas faul ist. Vielleicht liefert uns der Dottore ja einen plausiblen Grund für seine lange Abwesenheit."

„Wie du meinst. Und was machen wir jetzt?"

„Komm, wir gehen mal in Richtung Lagune."

Die Viale dei Cacciatori lag in völliger Dunkelheit und Ghetti schaltete seine Taschenlampe an.

„Was ist eigentlich das hier?" fragte Marek und deutete auf ein heruntergekommenes Gebäude auf der rechten Seite der Straße, das leicht zurückgesetzt auf einem verwilderten, parkähnlichen Gelände lag, welches von einem verrosteten Zaun umgeben war.

„Das war mal ein Ferienheim. Wird aber seit Jahren nicht mehr genutzt. Sieht irgendwie unheimlich aus, oder?"

„Ich würde eher sagen, vergammelt", brummte Marek.

Die schwarze Gestalt, die knapp fünfzig Meter hinter ihnen ein Bündel in einem Einkaufswagen durch die Dunkelheit schob, bemerkten sie nicht.

***

Als Marek spät am Abend nach Hause kam, bereitete er sich schnell einen Teller *spaghetti aglio, olio e peperoncino* zu, den er genüsslich verspeiste. Satt und zufrieden setzte er sich nach dem Essen mit einer Zigarette und einem Glas Verduzzo an seinen Schreibtisch und beschrieb wieder einige dieser kleinen Notizzettel, die er dann anschließend an die Wand heftete. Aber so lange er sich auch seine Notizen betrachtete, richtig schlau wurde er aus diesem Fall bislang noch nicht. Dann griff er nach seinem Telefon um sich bei Ghetti nach dem Bericht der Spurensicherung zu erkundigen.

„Ich habe die Kopie gerade hier vor mir liegen. Es gab keinerlei Einbruchsspuren. Weder an der Eingangstüre noch im Haus oder am Fenster. Die Fingerabdrücke im Kinderzimmer sind identisch mit denen, die im ganzen Haus gesichert wurden und dürften wahrscheinlich der Familie Bruckner zugeordnet werden können. Ein Abgleich steht noch aus, aber das können wir nachholen, wenn sie zur Befragung hierher kommen. Es gab im Wohnbereich noch zwei andere, unterschiedliche Abdrücke, aber eben nur dort. Die gehören dann wahrscheinlich zu den Solinos. Da müssen wir auch noch Vergleichsabdrücke holen, aber die sind mittlerweile wieder zurück nach Montecchio gefahren."

„War die Haustüre abgeschlossen?"

„Laut Bruckner, ja."

„Ein Fremder dringt in ein abgeschlossenes Gebäude ein, geht zielstrebig in ein Kinderzimmer, schnappt sich das Kind und verlässt wieder das Haus, ohne eine einzige Spur zu hinterlassen? Das gibt es nicht, Michele, oder konnte da einer durch Wände gehen? Wohl eher nicht. Was ist eigentlich mit dem Fenster?"

„Was meinst du?"

„Wieso stand das Fenster offen? Ist er mit dem Kind aus dem Fenster gesprungen? Sicher nicht, aber warum stand es dann offen?"

„Die Bruckners haben ausgesagt, das Fenster sei geschlossen gewesen, als sie das Haus verließen und als sie zurückkamen, war es offen."

„Es kann ja wohl schlecht sein, dass der Entführer einfach nur das Zimmer lüften wollte. Die Spurensicherung muss noch einmal dahin. Die sollen das ganze Zimmer, das Vordach und den Bereich unter dem Fenster mit Luminol einsprühen und mit UV-Licht absuchen. Sie sollen aber unterschiedliche Lösungen und verschiedene Lampen benutzen, das hat mein Freund Jakob in Frankfurt so gemacht und der hat immer etwas gefunden. Wenn da nichts ist, gab es auch keinen Entführer. Ihr müsst euch nur beeilen, bevor Bauer und Friesen Wind davon bekommen."

„Ich besorge uns einen Durchsuchungsbeschluss. Wenn die Bruckners zur Befragung hier sind…"

„Das würde ich nicht tun", unterbrach Marek seinen Freund, "denn wenn die beiden Superbullen das erfahren, gibt's richtig Ärger. Ihr könnt ja die Bruckners abholen und dabei die Spurensicherung gleich mitbringen. Die müssen sich halt noch einmal vergewissern, dass sie nichts übersehen haben."

„Gut, du hast recht. Machen wir es so. *Ciao Roberto.*"

***

Anschließend rief Marek Silvana an, um ihr die neuesten Erkenntnisse mitzuteilen. Nur mit Mühe konnte er sie davon abhalten in ihrem nächsten Artikel zu erwähnen, dass die Polizei möglicherweise die Eltern zu den Verdächtigen zählt.

„Halt es bitte zurück, bis die Spurensicherung noch einmal durch ist", hatte er sie gebeten, „du bist doch ohnehin die Einzige, die etwas darüber weiß."

Der letzte Teil hatte sie gnädig gestimmt und sie hatte eingewilligt. Zufrieden zündete er sich eine Zigarette an und lehnte sich in seinem Sessel zurück.

8. Mai

Gegen zehn Uhr am Morgen fuhr ein Wagen der Carabinieri vor dem Haus der Bruckners vor. Maresciallo Ghetti stieg aus, während der Fahrer im Wagen blieb und den Motor laufen ließ. Dahinter parkte der Wagen der Spurensicherung und zwei Kriminaltechniker schleppten ihre Gerätschaften zum Haus, hielten sich dort aber zurück, bis sie von Ghetti ein Zeichen erhalten würden.

„*Buon giorno, signora.* Ich hoffe, Ihr Mann ist auch da?"

Renate Bruckners Augen sahen rot und verweint aus und sie selbst, als hätte sie seit Tagen nicht mehr geschlafen.

„Um was geht es denn?" fragte sie unsicher. Dann sah sie auf die Koffer der Spurensicherung und ihr Gesicht nahm plötzlich einen fast hysterischen Ausdruck an.

„Was ist los? Was wollen die denn hier? Gerhardt…"

Gerhardt Bruckner kam aus der Küche gerannt.

„Was soll das?" fragte er schroff als er sah, wer

dort alles vor seiner Türe stand. „Lassen Sie uns endlich in Ruhe!"

„Ich denke, es ist auch in Ihrem Interesse, das wir Ihre Tochter finden, oder? Also lassen Sie uns bitte unsere Arbeit tun und unterstützen Sie uns dabei."

Bruckner sah ein, dass er einlenken musste.

„Also, womit können wir Ihnen helfen?"

„Ich möchte Sie bitten, uns in die Caserma zu begleiten. Wir hätten da noch einige Fragen. Außerdem müssen die Kollegen der Spurensicherung noch einmal in das Zimmer Ihrer Tochter. Wenn Sie ihnen dann freundlicherweise einen Hausschlüssel überlassen könnten."

„Wenn Sie uns verhören wollen, bestehe ich auf unseren Anwalt und was diese Leute da betrifft, die waren ja schon stundenlang hier im Haus."

„Signor Bruckner, ich glaube Sie verstehen mich falsch. Verhört werden nur Verdächtige, Sie jedoch möchten wir nur befragen. Und was die Spurensicherung betrifft, da bisher keine Fremdspuren in ihrem Haus zu finden waren und dies bei einer Entführung sehr ungewöhnlich ist, müssen die Kollegen noch einmal gründlich alles absuchen. Vielleich hat der Entführer doch irgendwo eine winzig kleine Spur hinterlassen."

„Gut, das sehe ich ein, aber warum befragen Sie uns nicht gleich hier?"

„Weil wir noch Ihre Fingerabdrücke brauchen und die nehmen wir Ihnen in der Caserma."

„Wozu das denn?" fuhr Bruckner gleich wieder auf. „Verdächtigen Sie uns jetzt doch, unser eigenes Kind entführt zu haben?"

„Nein, die sind für das Ausschlussverfahren. Wir vergleichen alle Abdrücke, die wir im und am Haus gefunden haben mit Ihren und denen Ihrer Freunde. Die können wir alle ignorieren. Die dann noch übrig bleiben, könnten unter Umständen zu dem Entführer gehören."

Damit war Bruckner zufrieden. Er übergab den Beamten die Hausschlüssel und stieg mit seiner Frau zu Ghetti in den Wagen. Während der kurzen Fahrt herrschte eine beklemmende Stille. Niemand sprach ein Wort. Bruckner sah aus dem Seitenfenster, seine Frau krampfte ihre Hände in den Riemen ihre Handtasche und starrte ins Leere.

***

Ghetti führte das Ehepaar Bruckner in sein Büro. Dort lagen schon alle Utensilien zur Abnahme der Fingerabdrücke bereit.

„Bringen wir zuerst den unangenehmen Teil hinter uns. Nehmen Sie doch bitte Platz."

Er wollte gerade beginnen, als die Türe aufflog und ein junger Brigadiere mit hochrotem Kopf hereinstolperte.

„Was ist denn los, Farella? Kannst du nicht anklopfen?"

„Tut mir leid, Maresciallo, aber Sie sollen sofort zum Capitano kommen."

„Was gibt es denn so eiliges?"

„Das hat er nicht gesagt. Ich soll es Ihnen nur ausrichten, wenn sie ins Büro kommen. Es wäre ganz dringend."

„Könntest du dann bitte den Herrschaften die Fingerabdrücke nehmen, Bruno? Ich bin gleich wieder zurück."

Ghetti entschuldigte sich bei den Bruckners und ging hinüber zu Capitano Mambrettis Büro.

„Permesso?"

„Kommen Sie herein, Ghetti, und nehmen Sie Platz."

„Capitano, ich habe gerade das Ehepaar Bruckner im Büro sitzen."

„So? Warum denn das?"

„Wir benötigen noch die Fingerabdrücke für das Ausschlussverfahren und ich habe auch noch einige Fragen."

„Und warum konnten Sie das nicht vor Ort erledigen und schleppen die armen Leute auch noch hierher? Die haben doch, weiß Gott, genug durchgemacht. Welche Fragen sind das überhaupt? Ich dachte, die Aussagen wären alle abgeschlossen."

„Eigentlich schon, aber uns, ich meine mir ist da eine kleine Unstimmigkeit bei Signor Bruckner aufgefallen und die wollte ich klären."

„Sie sagten eben *uns*, steckt Commissario Marek etwa wieder dahinter?"

„Ja, Capitano. Er war der Meinung, die Spurensicherung sollte sich noch einmal das Kinderzimmer vornehmen, da sie bisher keinerlei Spuren eines Einbruchs gefunden hatten und da dachte ich es wäre besser, die Bruckners mit hierher zu nehmen."

„So, dachten Sie", grinste Mambretti, „da hat der Commissario wohl wieder einmal recht, denn mir kam es auch sehr seltsam vor, dass es keine Spuren geben sollte. Aber nun zu dem Grund, warum ich Sie rufen ließ. Es gibt wohl neue Zeugen. Ein Mann hat sich gemeldet und behauptet, den Entführer gesehen zu haben. Die beiden vom BKA sind mit ihrem Dolmetscher gleich hingefahren um ihn zu vernehmen."

„Das haben in den letzten Tagen so viele behauptet und nichts war dahinter."

„Denke ich auch, aber damit sind die Herren vom BKA erst einmal beschäftigt und stören hier nicht den Betrieb. Ich lasse Ihnen eine Kopie des Protokolls zukommen."

Ghetti erhob sich, salutierte und verließ das Büro. Als er in sein Büro zurückkehrte, waren die Bruckners gerade dabei sich die Tinte von den Fingern zu wischen.

„Entschuldigen Sie bitte die Unterbrechung. Signor Bruckner, ich habe da noch eine Frage zum zeitlichen Ablauf an dem betreffenden Abend. Sie und Signora Solino sagten aus, dass Sie jeweils nur kurz abwesend waren, um nach den Kindern zu sehen."

„Ja, warum?"

„Das Hotelpersonal im Restaurant konnte sich noch genau daran erinnern, dass Signora Solino fünfzehn, maximal siebzehn Minuten abwesend war, Sie jedoch ziemlich genau fünfundzwanzig Minuten. Wie erklären Sie sich die große Differenz, wo doch der Weg der gleiche war?"

Bruckner und seine Frau sahen sich kurz an.

„Verdammt, ich bin halt langsamer gegangen als Rosanna", brauste er auf, „was soll die Fragerei?"

„Wie kam es dann, dass Sie völlig verschwitzt zurückkamen und ihrer Frau sagten, Sie seien schnell gelaufen?"

„Das stimmt nicht", meldete sich Renate Bruckner zu Wort, „das hat er auch nie gesagt. Das kann ich beschwören."

„Vorsicht, Signora, Meineid ist strafbar. Uns liegen mehrere Aussagen vor, die besagen, dass Ihr Mann verschwitzt und außer Atem zurückgekommen sei und ein Kellner hat gehört, was er Ihnen sagte. Er versteht Ihre Sprache sehr gut. Also, was haben Sie in der Zeit gemacht, Signor Bruckner?"

„Ich habe meiner Aussage nichts hinzuzufügen. Denken Sie daran, dass wir die Opfer und nicht die Verdächtigen sind."

Bruckner erhob sich, nahm seine Frau am Arm und zog sie mit Richtung Türe.

„Das wird sich ja noch herausstellen", sagte Ghetti, „Sie dürfen jedenfalls Caorle bis auf weiteres nicht verlassen."

Bruckner blieb stehen und drehte sich um.

„Sind wir jetzt etwa doch Verdächtige?"

„Wenn Sie es so ausdrücken wollen."

„Das werden wir ja noch sehen!" brüllte Brückner und warf vehement die Türe hinter sich zu.

***

Bruckner bezahlte den Taxifahrer und folgte seiner Frau ins Haus. Sie hatten es abgelehnt sich nach Hause fahren zu lassen und hatten ein Taxi genommen, das zufällig unweit der Caserma auf Fahrgäste gewartet hatte. Die Kriminaltechniker waren verschwunden und hatten den Schlüssel im Briefkasten hinterlegt. Während er sich in der Küche einen doppelten Cognac einschenkte, setzte sie sich wieder in eine Ecke der Couch und vergrub ihr Gesicht in einem kleinen Kissen. Jeden Tag, seit diesem unseligen Abendessen, verbrachte sie fast ausschließlich an diesem Platz, starrte vor sich hin und hoffte insgeheim, bald aus diesem bösen Alptraum erwachen zu können.

Das Telefon läutete und Bruckner nahm schnell den Hörer ab.

„Ah, guten Tag Herr Veith. Gibt es etwas Neues? ...Sind Sie sich sicher? ...Nein, ich regle das schon. Vielen Dank."

Nachdem das Gespräch beendet war, überlegte er einen Moment, dann rief er Hauptkommissar Bauer an und teilte ihm mit, was er gerade erfahren hatte.

***

Auf der eilig anberaumten Pressekonferenz in der Caserma saßen wieder die üblichen Verdächtigen. Bauer und Friesen, aber diesmal mit ihrem Dolmetscher, Maresciallo Ghetti und Capitano Mambretti. Der Capitano gab einen kurzen Überblick über den Stand der Ermittlungen, dann ließ er ein Phantombild verteilen.

„Es hat sich ein neuer Zeuge gemeldet, der gesehen haben will, wie zwei Männer und eine Frau in der Nähe des Tatortes fremde Kinder beim Spielen fotografiert haben sollen. Er hat einen dieser Männer mit seinem Handy fotografiert und das daraus resultierende Phantombild liegt ihnen hier nun vor. Wir werden natürlich dieser Spur ebenfalls mit aller gebotenen Sorgfalt nachgehen. Haben Sie noch Fragen?"

Alle anwesenden Pressevertreter reckten sofort

und gleichzeitig die Arme in die Höhe. Jeder brüllte einfach seine Frage in den Raum, sodass man schließlich sein eigenes Wort nicht mehr verstand. Capitano Mambretti machte dem Spektakel ein schnelles Ende, in dem er nicht gerade leise zu Ordnung und Disziplin aufrief.

„Ich würde vorschlagen, dass Sie Ihre Fragen der Reihe nach stellen, dann können wir sie wenigstens auch verstehen und beantworten. Beginnen wir hier vorne links."

Als viertes war dann Silvana Rafaeli an der Reihe.

„Ich würde gerne wissen, ob das erste Phantombild irgendetwas gebracht hat. Es sah mir doch einfach zu konstruiert aus."

„Da haben Sie wohl leider recht, Signorina Rafaeli. Wir erhielten zwar mehrere hundert Anrufe, aber leider brachte keiner ein brauchbares Ergebnis."

In diesem Moment meldete sich der Dolmetscher der beiden BKA Beamten zu Wort.

„Die Herren Bauer und Friesen haben mich eben gebeten, folgendes mitzuteilen. Es gibt einen neuen Ermittlungsansatz, der in die Richtung einer Schieberbande geht, die Kinder gegen die Zahlung von sehr hohen Geldbeträgen an Adoptiveltern im Ausland, aber auch in Italien vermittelt. Gefälschte Adoptionspapiere würden von dieser Bande gleich mitgeliefert. Möglicherweise führt eine weitere Spur in

Richtung eines Pädophilen Rings. Genaueres kann momentan dazu nicht gesagt werden. Sie bitten dafür um Ihr Verständnis."

Ghetti sah aus, als hätte er den Leibhaftigen gesehen und Mambretti unterdrückte nur mühsam seine Wut.

„Meine Damen und Herren, das war es für heute. Wir halten Sie selbstverständlich auf dem Laufenden, falls sich etwas Neues ergibt."

Die Pressevertreter verließen alle nach und nach den Raum. Fast alle.

„Glauben Sie das auch?" fragte Silvana Rafaeli Capitano Mambretti direkt.

***

„Die beiden Herren möchten wissen, warum Sie dieser Journalistin sagten, dass Sie und der Maresciallo, in Bezug auf die Beteiligung eines Pädophilen Rings in diesem Fall, anderer Meinung sind", übersetzte der Dolmetscher für Capitano Mambretti.

„Weil es so ist und außerdem wurden wir von Ihnen nicht über diesen sogenannten neuen Ermittlungsansatz in Kenntnis gesetzt", erwiderte er schroff und ließ die beider Ermittler mit ihrem Übersetzer stehen.

„Wir müssen mit Wiesbaden sprechen. So geht das nicht. Wir lassen uns doch nicht von diesen Dorfpolizisten in die Suppe spucken", raunte Friesen seinem

Kollegen zu.

***

Nachdem die beiden BKA Ermittler Bruckner über die Ergebnisse der Pressekonferenz informiert hatten, schenkte er sich einen Cognac ein und rief seinen Freund Franz Riedle in München an.

„Es tut mir leid, Franz, aber wir können an der Gala nicht teilnehmen. Wir schaffen es nicht zurück bis dahin."

„Das ist aber schade, mein Lieber, aber unter diesen Umständen wird das wohl jeder verstehen."

„Wir dürfen ja ohnehin nicht ausreisen. Man hält uns womöglich für Verdächtige. Das hat zumindest dieser Provinzpolizist angedeutet."

„Das kommt ja überhaupt nicht in Frage", echauffierte sich Riedle, „was sagt denn das BKA dazu?"

„Mit denen habe ich gerade gesprochen. Sie werden die Angelegenheit mit Wiesbaden klären. Ihnen wäre es auch lieb, wenn sich die örtliche Polizei ganz heraushalten würde. Ach, übrigens, der Detektiv, den du mir besorgt hast, hat bislang ganze Arbeit geleistet. Er hat eine Spur aufgetan, der das BKA jetzt nachgeht. Ich würde ihn gerne noch etwas weiter recherchieren lassen."

„Mach das. Ich wünsche euch alles Gute und grüß Renate ganz lieb von mir."

Nachdenklich legte Bruckner das Telefon zurück

und trank seinen Cognac aus. Die letzten Tage hatten auch bei ihm deutliche Spuren hinterlassen. Das ehemals sonnengebräunte Gesicht, war eingefallen und grau. Tiefe Falten hatten sich eingegraben und in seinen Augenwinkeln war ein kaum merkliches, nervöses Zucken wahrzunehmen.

***

Marek war von seinem nachmittäglichen Einkauf zurückgekehrt und hatte die Tüten auf dem Küchentisch abgestellt. Voller Vorfreude setzte er die Caffettiera auf den Herd und öffnete die Tüte mit den frischen Cornetti. Der herrliche Duft nach Caffè und frischem Gebäck breitete sich in der Küche aus.

Just in dem Moment, als er in ein Hörnchen gebissen hatte, klingelte das Telefon.

„*Pronto*", nuschelte er in den Hörer.

„*Buon giorno, Roberto.* Ich bin`s, Michele. Ich hoffe, ich störe nicht."

„Doch", brummelte Marek und sah sehnsüchtig auf die Tüte mit dem Gebäck, „ich trinke gerade Caffè und versuche ein Cornetto zu essen."

„Tut mir leid, aber ich wollte dich über die Neuigkeiten informieren. Ich kann ja später noch einmal anrufen."

„Nein, nein, was gibt´s denn so wichtiges?"

„Es hatte sich heute Vormittag wieder ein Zeuge gemeldet, der vorgab beobachtet zu haben, wie zwei

Männer und eine Frau Kinder beim Spielen fotografiert hätten. Einen Mann hat er mit seinem Handy abgelichtet. Allerdings war das Bild derart verwackelt, dass es für eine Veröffentlichung nicht taugte und wir ein Phantombild erstellen mussten."

„Ist einer mal auf die Idee gekommen, dass es vielleicht Eltern oder Angehörige waren, die ihre Plagen da beim Spielen fotografierten?"

„Na ja, da es in der Nähe von Bruckners Haus war, sind Bauer und Friesen sofort zu diesem Zeugen gefahren und haben ihn vernommen. Sie halten den Mann für glaubwürdig und gehen dieser Spur jetzt nach."

„Blödsinn", schnaubte Marek, „die hecheln jetzt allem hinterher, weil sie nichts in der Hand haben. Du wirst sehen, dass diese Sache genauso ins Leere führt, wie die Geschichte, die Signora Solino euch aufgetischt hat."

„Befürchte ich auch, aber es kommt noch besser. Vorhin gab es wieder eine Pressekonferenz, auf der das Phantombild verteilt wurde. Bei dieser Gelegenheit überraschten uns Bauer und Friesen mit der Aussage, dass es eine weitere, heiße Spur gäbe, die auf eine Schieberbande hindeute, welche entführte Kinder an reiche, kinderlose Paare verkaufen würde. Eine weitere Spur würde auf einen Pädophilen Ring weisen. Der Capitano und ich wurden von diesen

Angaben völlig überrascht, da wir davon vorher nicht in Kenntnis gesetzt wurden. Mambretti ist nun stinksauer."

„Das kann ich mir vorstellen, aber…", Marek überlegte einen Moment lang, „…aber woher haben die Zwei diese Informationen? Die haben doch bisher überhaupt nichts gemacht. Ich habe da so einen Verdacht."

„So, und welchen?"

„Erkläre ich dir später. Was hat eigentlich die Spurensicherung ergeben?" wechselte Marek das Thema.

„Ich erwarte jeden Moment den abschließenden Bericht."

„Dann sieh zu, dass du ihn zuerst bekommst. Mach gleich eine Kopie und komm damit zu mir. Egal wann. Und bring alle Tatortfotos mit."

„*Bene*, mach ich. Hört sich so an, als hättest du schon eine Vorahnung."

„Das wird sich zeigen. *Ciao Michele*."

***

Marek war der Appetit vergangen. Er schob die Tüte mit den restlichen Cornetti zur Seite und steckte sich eine Zigarette an. Das Kinn auf eine Hand gestützt, sah er grübelnd aus dem Fenster und blies blaue Ringe in die Luft. An dieser Geschichte war so ziemlich alles falsch. Niemand mit halbwegs funktionierendem Verstand käme auf die Idee, sich so etwas einfallen zu lassen. Und doch ist es geschehen, zumindest wenn man den Beteiligten und den bislang bekannten Indizien Glauben schenken darf. Ein schlafendes Kind verschwindet spurlos aus einem abgeschlossenen Haus, ohne eine einzige Spur zu hinterlassen. Man geht von einer Entführung aus, obwohl es keinen einzigen Hinweis darauf gibt, wie jemand in das Haus und mit dem Kind wieder heraus gekommen sein sollte. Die Eltern hatten das Haus verschlossen vorgefunden, als sie wieder nach Hause kamen. Nur das Fenster stand offen, was aber nach Aussage der Bruckners geschlossen war, als sie am Abend das Haus verließen. Wenn man jetzt einmal davon ausgeht, dass es keinen Entführer gibt, der die Fähigkeit besitzt durch geschlossene Türen oder Wände zu gehen und die Eltern die einzigen Personen sind, die einen Schlüssel zu diesem Haus besitzen, dann bleibt eigentlich nur noch eine Möglichkeit übrig - es gab keine Entführung. Bis dato war ja auch nach fünf Tagen noch keine Lösegeldforderung eingegangen, was eventuell für die Version mit der Schieberbande sprechen könnte. Marek glaubte jedoch nicht daran, sondern war fest davon überzeugt, dass dem kleinen Mädchen etwas anderes passiert ist. Genau das, was er von Beginn an in Betracht gezogen hatte. Er war sich sicher, dass die Auswertung der Spurensicherung etwas Licht ins Dunkel bringen würde und seine Vermutung bestätigt.

***

Einige Stunden später, es war schon dunkel geworden, klingelte Ghetti an der Tür seines Freundes. Marek legte sein Buch, mit dem er es sich in seinem Sessel bequem gemacht hatte, zur Seite und ließ ihn herein.

„Du siehst so aus, als hättest du etwas Schönes dabei."

„Das kannst du laut sagen. Du wirst dich freuen."

Ghetti war bereits in die Küche vorausgegangen und hatte zwei große, braune Umschläge auf den Tisch gelegt. Dem einen entnahm er einen Schnellhefter, dem anderen einen Stapel Fotos, die er auf dem Tisch ausbreitete. Den Schnellhefter drückte er Marek in die Hand.

„Das ist der Bericht der Spurensicherung von ihrem zweiten Besuch. Woher konntest du das wissen?"

„Woher konnte ich was wissen?"

„Es gibt zwar nach wie vor keinerlei Spuren, die auf ein gewaltsames Eindringen auch nur ansatzweise hindeuten würden, aber im Zimmer des Mädchens haben wir etwas gefunden."

„So, und was, wenn ich fragen darf?"

„Was du vermutet hast. Sie haben zwei winzige Blutspritzer gefunden. Eigentlich sind es eher kleine

Tröpfchen gewesen. Außerdem haben wir kleine, dünne Glasscherben entdeckt."

Marek pfiff durch die Zähne.

„Und warum hat man das bei der ersten Untersuchung nicht gefunden? Verdammte Schlamperei!"

„Reg dich wieder ab. Die Blutspritzer waren mit bloßem Auge nicht zu sehen. Erst unter dem forensischen Licht kamen sie zum Vorschein. Da hat jemand versucht gründlich zu reinigen. Die Glasscherben sind winzig klein und steckten unter der Sockelleiste. Sonst war das Zimmer sauber."

„Wo genau hat man das Blut und die Scherben gefunden?"

Ghetti nahm ein paar der Fotos und deutete mit dem Finger darauf.

„Die Blutspritzer waren einmal hier, auf dem Boden vor dem Bett und einmal hier, an der Wand unterhalb des Fensters. Die Glasscherben waren hier, unter der Sockelleiste hinter dem Bett."

„Ich vermute einmal, dass das Blut von dem Mädchen stammt. Dann hat sie sich irgendwann in der Nacht verletzt, hat vielleicht ein Wasserglas umgestoßen, und ist aus dem Fenster geklettert. Aber dann hätte man sie schon finden müssen. Oder aber, und das halte ich für viel wahrscheinlicher, jemand hat sie aus dem Fenster geworfen und weggebracht. Das wiederum würde bedeuten, dass sie nicht mehr am

Leben war. Hat die Spurensicherung etwas vor dem Fenster gefunden?"

„Ja, auch da hattest du den richtigen Riecher. Auf dem Vordach fand man ein paar Wollfasern, die noch nicht zugeordnet werden konnten und auf dem Rasen unter dem Fenster haben wir ebenfalls feine Blutspuren gefunden. Nach Fußspuren brauchten wir gar nicht erst zu suchen, da in den letzten Tagen dort alles zertrampelt wurde. Was die Scherben angeht, vermutet das Labor, dass es sich um den Schirm einer Lampe handeln könnte."

„Da hat die Kleine sich wohl verletzt, als sie aus dem Bett geholt wurde. Zeig mal die Fotos von der Nacht, als sie verschwunden ist."

Ghetti zog ein paar großformatige Fotos aus dem Stapel und breitete sie vor Marek aus.

„Das sind die Bilder vom Kinderzimmer, die in der Nacht noch gemacht wurden."

Marek betrachtete die Fotos eingehend. Dann nahm er sich noch einmal die Bilder vor, die beim zweiten Besuch der Spurensicherung gemacht wurden. Anschließend lehnte er sich zurück und verschränkte die Hände hinter dem Kopf.

„Siehst du da irgendwo eine Lampe?" fragte er.

Ghetti überflog die Bilder und schüttelte den Kopf. „Nein, nichts zu sehen. Was willst du damit sagen? Vielleicht war die Lampe schon früher kaputt und man sie entsorgt."

„So, dann schau dir mal die Fotos von der Tatnacht an."

Ghetti wollte schon resigniert aufgeben, als er plötzlich stutzte. Er nahm einen Abzug hoch und hielt ihn unter die Küchenleuchte.

„Verdammt! Da steht eine Nachttischlampe ohne Schirm in der Ecke. Auf den neueren Fotos ist sie nicht mehr da. Aber das würde ja bedeuten…"

„…dass Bruckner sie erst nach dieser ominösen Entführung, sofern es überhaupt eine war, aus diesem Zimmer entfernt hat", ergänzte Marek, „aber warum?"

Einen Moment lang saßen beide schweigend am Tisch und überdachten die soeben festgestellten, neuen Fakten.

„Was ist eigentlich mit der Türe?"

Ghetti wurde von der unvermittelten Frage überrascht.

„Welche Türe?"

„Na die, die angeblich gequietscht haben soll. Ihr habt sie hoffentlich untersucht?"

„Ach so, ja, haben wir. Sie quietscht nicht und sie wurde auch in letzter Zeit nicht geschmiert, um deiner Frage zuvor zu kommen."

„Na also, dachte ich mir es doch. Du musst Bruckner gleich morgen zu allen Punkten verhören. Damit sind beide als Verdächtige einzustufen. Wie ich ihn einschätze, wird er dir irgendeine Geschichte auftischen, aber die Indizien sprechen eindeutig gegen die Bruckners."

„Das werde ich wohl tun müssen, aber schön ist das nicht. Es sind immerhin die Eltern."

„Ich hoffe ja auch, dass es eine andere Erklärung gibt, aber die Indizien sind halt nun einmal so."

„Beinahe hätte ich es vergessen. Ich hatte den Leuten von der Spurensicherung gesagt, sie sollten sich mal im Haus umsehen, ob sie vielleicht etwas finden, was uns weiterhelfen könnte."

„Und, haben sie?"

„Ja, sie haben das Tagebuch der Signora Bruckner gefunden und gescannt. Ich weiß, dass es unter diesen Umständen vor Gericht keinen Wert hätte", beeilte Ghetti sich zu verteidigen, als er Mareks Gesichtsausdruck sah, „aber vielleicht steht etwas drin, was uns neue Aufschlüsse gibt."

„Sehr gut, mein Junge, sehr gut. Du musst dich dafür nicht entschuldigen."

„Ich dachte schon, du wärst sauer", war Ghetti erleichtert.

„Im Gegenteil, habt ihr es schon ausgewertet?"

„Nein, ich dachte das könntest du machen. Es ist auf Deutsch geschrieben."

„Selbstverständlich, hast du es dabei?"

„Nein, aber ich lasse dir die Datei ausdrucken und bringe sie vorbei."

***

Nachdem Ghetti gegangen war, rief Marek Silvana an, um sie auf den neuesten Stand zu bringen und sehr zu ihrer Freude gab es von seiner Seite aus keinerlei Restriktionen, was eine Veröffentlichung betraf. Anschließend ging er zu Bett und schlief sofort ein.

9. Mai

Rudolph Veith hatte alle seine Mitarbeiter, mit denen er ständig in Kontakt stand, seit fast eineinhalb Tagen ununterbrochen im Internet nach Verbindungen zu Pädophilen Netzwerken oder entsprechenden Videos suchen lassen. Der Fall der verschwundenen Ann-Kathrin Bruckner war für ihn und seine Detektei ausgesprochen wichtig und natürlich auch äußerst lukrativ. Bei entsprechendem Medieninteresse würden er und seine Firma weit über den Großraum München hinaus bekannt werden. Nicht, dass er sich über mangelnde Kundschaft beklagen konnte, aber ein größerer Bekanntheitsgrad, auch in wohlhabenderen Kreisen der Gesellschaft, konnte ja nichts schaden. Also musste er liefern, und das schnell. In den frühen Morgenstunden war es dann endlich soweit. Ein Mitarbeiter übermittelte ihm ein Video, auf dem ein kleines Mädchen zu sehen war, dass zu einer sexuellen Handlung mit einem Mann gezwungen wurde. Veith betrachtete sich angewidert die einzelnen Sequenzen. Das Kind war nicht sehr deutlich zu erkennen, aber eine gewisse Ähnlichkeit mit der verschwundenen Ann-Kathrin war schon vorhanden. Er kopierte ein Standbild, auf dem das Gesicht des Mädchens am deutlichsten zu sehen war und übermittelte es direkt an Ralf Bauer vom BKA. Dann informierte er Bruckner telefonisch über die neue Sachlage.

***

Capitano Mambretti hatte gerade in seinem Sessel Platz genommen, als es kurz an der Tür klopfte und Bauer, Friesen nebst ihrem Übersetzer, ohne abzuwarten, einfach das Büro betraten. Mambretti, der Unhöflichkeiten dieser Art überhaupt nicht schätzte, war entsprechend ungehalten.

„Was gibt's?" schnauzte er die drei an.

„Signor Bauer und Signor Friesen haben das Mädchen offenbar gefunden", übersetzte der Dolmetscher das Anliegen der beiden, „wie vermutet, befindet sich die Kleine in der Hand eines Pädophilen Rings, der hauptsächlich in Österreich und Deutschland operiert".

„So? Dann gratuliere ich, aber was wollen die Herren nun von mir?" Dabei war Mambretti alles andere als überzeugt von dieser Vorstellung.

„Sie möchten, dass Sie eine entsprechende Presseerklärung herausgeben."

„Ach, dafür sind wir wieder gut genug?"

Der Capitano wusste aber nur zu gut, dass er sich dieser Bitte nicht verweigern konnte.

109

„Gibt es dafür auch Beweise? Ich habe nicht vor, mich vor der Presse zu blamieren."

Friesen entnahm seiner Aktentasche ein großformatiges Foto und reichte es Mambretti, der es kurz betrachtete.

„Was soll das sein? Woher haben Sie das?"

„Der Dolmetscher wechselte ein paar Worte mit den BKA Beamten und wandte sich dann wieder an den Capitano.

„Wie bereits erwähnt, verfolgen die Herren auch eine Spur ins Pädophilen Milieu. Dabei stießen sie auf ein Video, dass dieses Mädchen hier bei eindeutigen sexuellen Handlungen zeigt. Dies ist ein Standbild aus diesem Video.

„Und Sie glauben, es zeigt das vermisste Mädchen? Ich jedenfalls, kann darauf nichts eindeutig erkennen. Dafür ist es zu unscharf."

„Signor Bruckner hat seine Tochter auf diesem Bild zweifelsfrei identifiziert."

„Sie haben es ihm schon gezeigt?"

„Selbstverständlich. Die Herren brauchten ja Sicherheit."

„So? Dann bleibt mir wohl nichts anderes übrig.
Ich werde gleich eine Mitteilung an die Medien herausgeben lassen."

***

Mambretti rief Ghetti zu sich und berichtete ihm,

was er gerade erfahren hatte.

„…ich konnte beim besten Willen nichts auf diesem Foto erkennen", endete er. „Würden Sie bitte trotzdem die Presseerklärung verschicken?"

„Aber Capitano, wenn sich das als falsch erweist, sind wir wieder diejenigen, die dann in den Medien zerrissen werden."

„Ich weiß, Ghetti, aber ich habe keine Wahl. Das Ganze ist ohnehin eine schlechte Komödie."

„Wie Sie meinen, Capitano."

Ghetti salutierte und verließ das Büro. Komödie? Trauerspiel traf es eher, was sich hier abspielte.

***

Marek saß mit Caffè und Cornetti am Küchentisch und las Silvanas Artikel, der es mittlerweile auf die Titelseite des *Gazzettino* geschafft hatte. Die Tatsache, dass die Eltern des vermissten Mädchens jetzt zum Kreis der Verdächtigen gehörte und Silvana die einzige war, die diese Information besaß, hatte wohl auch das Interesse der Redakteure geweckt. Zufrieden legte er die Zeitung beiseite, trank seinen Caffè aus und steckte sich eine Zigarette an. In diesem Moment rief Ghetti an, um ihm die neueste Entwicklung in diesem Fall mitzuteilen.

„Auf diesem Video sieht man zwar ein kleines Mädchen mit blonden Haaren, das zum Sex gezwungen wird und das ist wirklich zum Kotzen, aber es ist so unscharf, dass man das Gesicht nicht erkennen kann. Es ist mir ein Rätsel, wie der Vater es konnte."

„Und mir ist ein Rätsel, wie unsere beiden Superbullen daran gekommen sind. Von alleine bestimmt nicht."

„Wie meinst du das? Glaubst du, sie hatten Hilfe?"

„Ich glaube, hier spielt jemand ein ganz mieses Spiel. Du erinnerst dich doch, was ich dir über diesen Privatschnüffler erzählt habe, den Bruckner wahrscheinlich engagiert hat. Was wäre, wenn er diese Spuren gefunden, oder vielleicht sogar erfunden hat und sie dann Bruckner übermittelte, der diese Informationen anschließend an Bauer und Friesen weiterleitete?"

„Und die präsentierten die Geschichte als ihre eigenen Ermittlungsergebnisse. Glaubst du nicht, dass dies etwas weit hergeholt ist? Obwohl, zutrauen würde ich das den beiden."

„Zugegeben, es klingt vielleicht etwas abenteuerlich, aber wenn du einmal alle Fakten genau betrachtest, bleibt nicht viel anderes übrig als die Tatsache, dass ein Insider am Verschwinden des Mädchens beteiligt sein muss und das sind nun einmal die Eltern und die Solinos. Warum sonst sollte Bruckner euch großes Kino vorspielen. Ich habe zwar keine Ahnung, was da genau passiert ist, aber für mich hängen die Eltern in dieser Geschichte bis zum Hals mit drin."

„Einerseits hast du ja recht, aber andererseits will ich es mir nicht vorstellen. Die Eltern, mein Gott."

„Tja, da siehst du, warum ich nicht an den guten Mann da oben glaube. Wenn es ihn gäbe, würde er so etwas nicht zulassen. Bringst du mir bitte bei Gelegenheit eine Kopie von dem Foto vorbei?"

„Mach ich. *Ciao Roberto*."

***

Marek machte sich ein paar Notizen und klebte die Zettel zu den vielen anderen an die Wand. Dann lehnte er sich in seinem Sessel zurück und versuchte sich den Ablauf der Ereignisse in der Nacht von Ann-Kathrins Verschwinden vorzustellen. Als die Bruckners gegen neunzehn Uhr das Haus verließen, war sie garantiert noch da. Die Mutter hatte sie ja ins Bett gebracht und ihr ein Beruhigungsmittel verabreicht. Danach war niemand im Haus, bis Bruckner nachsehen kam. Irgendwann zwischen diesem Zeitpunkt und der kurzen Stippvisite von Signora Solino ist etwas passiert, denn als die Eltern später nach Hause kamen, war das Kind ja verschwunden. Aber was und wie? Marek steckte sich noch eine Zigarette an. Auf einmal schnellte er nach vorne. Wer sagt denn, dass es wirklich so war? Wie konnten sie denn sicher sein, dass Ann-Kathrin wirklich von ihrer Mutter mit einem Beruhigungsmittel ins Bett verfrachtet wurde?

Darüber hatten sie nur die Aussagen der Eltern und bezüglich deren Richtigkeit hatte Marek ohnehin seine Zweifel. Verdammt!

***

Der Abteilungsleiter der Abteilung KD im Bundeskriminalamt hatte gerade von seinem Vizepräsidenten die Nachricht erhalten, auf die er gewartet hatte und die er umgehend an seine beiden Mitarbeiter in Caorle weitergeben wollte.

„Guten Morgen Herr Friesen. Sie und Bauer werden ab morgen den Fall alleinverantwortlich übernehmen. Das Innenministerium hat sich, da der Fall wohl nach Österreich und in die Bundesrepublik führt, mit den Italienern einigen können. Eine entsprechende Anweisung wird den örtlichen Polizeibehörden heute noch zugehen. Ich möchte dann täglich über alles informiert werden."

„Ja, natürlich. Vielen Dank, Herr Kriminaldirektor. Auf Wiederhören."

„Endlich!" Friesen ballte die Faust und sein Herz klopfte wie ein Dampfhammer, als er das Gespräch mit seinem Vorgesetzten beendet hatte und sich aufmachte, seinem Kollegen Bauer die freudige Nachricht zu überbringen.

***

„Sie schon wieder", schnaubte Bruckner, als er Ghetti die Türe öffnete, „was wollen Sie denn noch?"

114

„Wir suchen immer noch Ihre Tochter und da gibt es weitere Fragen, auf die wir eine Antwort brauchen. Es dürfte ja wohl auch in Ihrem Interesse sein."

„Na gut, kommen Sie rein."

Ghetti folgte Bruckner ins Wohnzimmer und sah sich um.

„Also, was gibt es?"

„Wo ist Ihre Frau?"

„Sie ist oben. Sie hat ein Beruhigungsmittel genommen und sich hingelegt. Sind Sie gekommen, um mich zu fragen, wo meine Frau ist?"

„Es gibt, wenn Sie so wollen, noch einige Ungereimtheiten und ich hoffe, Sie können zur Klärung beitragen."

„Welche Ungereimtheiten? Wir haben bereits alles gesagt."

„Als wir gestern erneut das Zimmer Ihrer Tochter untersuchten, haben wir feine Glassplitter auf dem Boden gefunden. Sie befanden sich im Bereich der Sockelleiste unter dem Bett. Wie kommen die dahin?"

„Da wird wohl mal ein Glas runtergefallen sein", meinte Bruckner nach kurzer Überlegung, „und meine Frau hat nicht alles aufgekehrt."

„Sehen Sie, das ist so eine Ungereimtheit. Unser Labor hat festgestellt, dass es sich bei diesem Glas um einen Lampenschirm gehandelt haben muss. Wir fanden aber in diesem Zimmer weder eine Stehlampe, noch eine Nachttischlampe."

„Dann ist meiner Frau wahrscheinlich die Nacht-tischlampe kaputt gegangen und sie hat sie gleich entsorgt. Was weiß ich denn. Ist das so wichtig?"

„Ich denke schon. Wie erklären Sie sich, dass die Lampe in der Nacht, in der Ihre Tochter verschwand, noch in dem Zimmer stand und zwar ohne Schirm, gestern jedoch nicht mehr? Und wie erklären Sie sich die Blutspuren, die wir gestern dort fanden?"

Bruckner wirkte plötzlich nervös und seine Bewe-gungen wurden fahrig.

„Keine Ahnung. Da müssen Sie meine Frau fra-gen. Wahrscheinlich hat sie die scheiß Lampe danach weggeworfen. Sie sitz ja jeden Tag in diesem Zimmer und starrt die Wände an."

„Wir werden Ihre Frau auch befragen."

„Aber nicht heute", fuhr Bruckner auf, „sie braucht Ruhe und außerdem…"

„…hat sie ein Beruhigungsmittel genommen", vollendete Ghetti den Satz, „ich weiß. Sie haben mir noch nicht gesagt, wie das Blut dorthin kam."

„Ich habe kein Blut gesehen."

„Das Zimmer wurde ja auch gründlich gereinigt, aber das war dann wohl auch Ihre Frau. Trotzdem konnten wir Blut nachweisen."

„Ihren Sarkasmus können Sie sich sparen. Ich habe keine Ahnung woher das Blut stammen könnte.

116

Wahrscheinlich hat sich meine Frau geschnitten, als die Lampe kaputt ging."

„Das wird der DNA Abgleich zeigen. Sicher haben Sie auch keine Ahnung, wie Blutspuren auf den Rasen unter dem Fenster gekommen sind. Dem Fenster des Zimmers Ihrer Tochter."

„Nein, verdammt."

„Und welche Erklärung haben Sie dafür, dass wir auf dem Vordach Faserspuren gefunden haben, die wahrscheinlich von einer Decke oder einem Schlafanzug stammen?"

Bruckner fing an zu schwitzen und es fiel ihm sichtlich schwer Ruhe zu bewahren.

„Dann ist der Entführer mit Ann-Kathrin über das Vordach geflüchtet. Das habe ich ja gleich vermutet, weil das Fenster offen stand."

„Warum sollte ein Entführer, der ohne eine Spur zu hinterlassen, durch eine abgeschlossene Tür das Haus betritt, auf solch eine umständliche Weise wieder verschwinden, zumal er ja dann noch das Kind dabei hatte? Sie werden zugeben, dass es da eine Menge an Ungereimtheiten gibt."

„Sie sind die Polizei. Es ist Ihr Job das herauszufinden."

„Das werden wir verlassen Sie sich darauf."

„War es das jetzt?" Bruckner war aufgestanden und wollte den Maresciallo hinauskomplimentieren.

„Ach, eine Frage hätte ich noch."

Ghetti hatte sich ebenfalls erhoben und war auf dem Weg zum Ausgang plötzlich stehen geblieben.

„Was denn noch?"

„Sie hatten ausgesagt, dass weder Sie, noch Signora Solino die Tür zum Kinderzimmer öffneten, da sie quietschen würde."

„Ja, und?"

„Die Spurensicherung hat die Türe untersucht und siehe da, sie quietscht nicht. Komisch, oder?"

„Ich hab sie ja auch geölt."

„Nein, Signor Bruckner, das haben Sie nicht. Die Türe wurde schon länger nicht mehr geschmiert. Sie haben gelogen und damit sind Sie Tatverdächtig. Sie und Ihre Frau stehen hiermit ab sofort bis auf weiteres unter Hausarrest. Ich finde selbst hinaus."

„Scheiße!" Bruckner ballte die Fäuste in den Hosentaschen. Als er sich rumdrehte, sah er seine Frau im Schatten der Treppe stehen. Sie hatte offenbar alles mit angehört.

***

Maria Marchese stand hinter der Kasse der Autobahntankstelle bei Arino an der A4 in Richtung Padua. Da im Moment nicht viel Betrieb herrschte, überflog sie die Schlagzeilen der Tageszeitungen. Ihr besonderes Interesse galt natürlich dem Entführungsfall des kleinen, deutschen Mädchens in Caorle. Ein

Foto der vermissten Ann-Kathrin, das ihr die Carabinieri brachten, hatte sie gut sichtbar ins Fenster gehängt. Sie selbst, Mutter von zwei kleinen Kindern, hoffte inständig, dass dem Mädchen nichts Schlimmes geschehen ist und die Eltern sie bald wieder in ihre Arme schließen konnten. Seufzend legte sie die Zeitung zur Seite und sah hinaus, auf die noch verwaisten Zapfsäulen. Ein dunkelgrüner Kleinwagen fuhr auf die Tankstelle und hielt, obwohl alle Zapfsäulen frei waren, in der vordersten Reihe. Eine Frau in einem violetten Trainingsanzug stieg aus und hängte die Zapfpistole in den Tankstutzen. Während sie wartete, trommelte sie nervös auf das Wagendach. Maria Marchese wandte sich der Kasse zu, als die Frau den Raum betrat und eilig auf sie zusteuerte. Sie bezahlte in bar, strich das Wechselgeld ein und sprach währenddessen kein einziges Wort. Maria sah der Frau kopfschüttelnd nach, als sie zu ihrem Wagen eilte. Doch dann stockte ihr der Atem. Ein kleines, blondes Mädchen hatte die Beifahrertür geöffnet und wollte gerade aussteigen, als die Frau das Auto erreichte und das Kind unsanft zurück in den Wagen schob. Dann raste sie davon. Maria nahm das Telefon und wählte die Nummer, die auf dem Plakat mit dem Foto angegeben war.

***

Ghetti saß frustriert in seinem Büro. Fast sechs Tage waren seit dem Verschwinden des Mädchens vergangen und sie waren keinen Schritt weiter gekommen, hatten keine Spur, zumindest keine vernünftige. Dazu kam noch erschwerend das Kompetenzgerangel mit den Ermittlern aus Deutschland, wobei er deren Ermittlungsansätze nicht nachvollziehen konnte. Marek hatte wahrscheinlich wieder einmal recht. Wo waren die beiden eigentlich? Erst sieht und hört man sie den ganzen Tag nicht, dann tauchen sie plötzlich auf und verlangen, dass man Berichte an die Presse verfasst oder Pressekonferenzen einberuft. Eine Zusammenarbeit stellte er sich doch etwas anders vor. Da flog plötzlich die Türe auf und ein junger Brigadiere stolperte herein.

„*Scusi, Maresciallo*, aber es ist wichtig!"

„Was ist wichtig?"

„Eine Zeugin hat sich gemeldet. Wegen des entführten Mädchens."

„Ja und wo ist sie?"

„Sie wurde doch noch nicht gefunden."

„Ich meine ja auch die Zeugin, Carlo."

„Ach, so, die ist am Telefon."

„Ja dann stell sie doch durch."

„Sofort, Maresciallo."

Der Brigadiere drehte sich auf dem Absatz herum und schlug die Türe hinter sich zu, während Ghetti kopfschüttelnd darauf wartete mit der Zeugin verbunden zu werden. Vielleicht gab es ja diesmal eine brauchbare Spur.

„Mareciallo Ghetti, mit wem spreche ich?"

„Marchese, Maria Marchese."

„*Buon giorno, signora Marchese.* Sie haben etwas beobachtet bezüglich des entführten Mädchens?"

„Ja, Maresciallo."

„Dann erzählen Sie einfach wo Sie waren und was Sie gesehen haben."

„Ja, also, ich war an der Kasse, als diese komische Frau reinkam und als sie wieder weg ist, wollte das Kind aussteigen, aber sie hat es zurück ins Auto geschoben und ist losgefahren."

Ghetti kaute nervös auf seinem Bleistift herum. Der Signora musste er wahrscheinlich alles einzeln aus der Nase ziehen.

„Signora Marchese, könnten wir bitte der Reihe nach vorgehen?"

„Hab ich doch gerade alles der Reihe nach erzählt", erwiderte sie beleidigt und Ghetti zerbrach den Bleistift.

„Also, wo war das genau?"

„Na, bei mir auf der Tankstelle. Hab ich doch gesagt."

„Nein, haben Sie nicht, aber das macht nichts. Welche Tankstelle ist das?"

„Die Agip Tankstelle bei Arino an der A4 in Richtung Padua."

„Sie arbeiten an dieser Tankstelle?"

„Ja, seit drei Jahren. Mein Mann ist arbeitslos und da muss ich was dazuverdienen. Wissen Sie…"

„Was arbeiten Sie da?" unterbrach Ghetti den beginnenden Redeschwall.

„Na, an der Kasse bin ich. Hab ich doch auch schon gesagt."

„Gut, Signora, dann erzählen Sie langsam und ausführlich, was Sie sahen."

„Wie schon gesagt, ich stand hinter der Kasse und es war nichts los. Da hab ich Zeitung gelesen. Den Bericht über das Mädchen. Dann kam plötzlich ein Auto. Die Frau hat getankt und dabei hat sie dauernd auf das Dach getrommelt. Dann kam sie rein, hat bezahlt und ist wieder raus. Die hat sich ganz schön beeilt und kein Wort gesagt. Ich hab ihr nachgeschaut und da hab ich das Mädchen gesehen. Die Kleine wollte aus dem Auto aussteigen, aber die Frau hat sie wieder reingeschoben und ist dann losgerast."

„Und Sie haben das Mädchen erkannt?"

„Ja, es sah genau so aus, wie das Kind in der Zeitung."

„Gut, bleiben Sie bitte da, wir kommen sofort. Vielen Dank Signora."

„Aber ich hab gleich Feierabend. Wer bezahlt mir dann die Überstunden?"

„Das ist Ihre Bürgerpflicht, Signora Marchese. Sie sind eine wichtige Zeugin."

„Na, wenn das so ist. Dann bis gleich."

Ghetti informierte seinen Vorgesetzten, Capitano Mambretti, der ihm auftrug, der Sache umgehend nachzugehen. Die beiden BKA Beamten würde er später selbst informieren. Dann rief er seinen Freund Marek an, der selbstverständlich mitfahren wollte.

**

Mit Blaulicht rasten sie nach San Stino di Livenza und von dort über die Autostrada Richtung Westen.

„Da vorne ist die Tankstelle."

Ghetti schaltete das Blaulicht ab und parkte den Wagen direkt vor dem Eingang, wo sie schon von Maria Marchese erwartet wurden.

„Signora Marchese, ich bin Maresciallo Ghetti, wir haben telefoniert, und dies ist Commissario Marek. Würden Sie uns bitte zeigen, wo Sie waren und wo das Auto geparkt war."

„Das Auto stand hier an dieser Säule. Ich habe mich noch gewundert, dass sie sich soweit weggestellt hatte, obwohl alle anderen Säulen frei waren."

„Das ist in der Tat seltsam", meinte Marek, der sich umgesehen hatte. „Hier ist eine Kamera. Funktioniert die?"

„Ja, wir haben in jeder Reihe eine Kamera. Das Aufzeichnungsgerät ist im Büro."

„Dann würden wir die Aufzeichnung jetzt gerne sehen."

Marek, der bereits vorgegangen war, stand jetzt neben der Kasse und sah hinaus. Was Signora Marchese berichtet hatte war stimmig. Von dieser Stelle aus hatte sie den Wagen fast vollständig im Blickfeld gehabt.

Gespannt saßen sie nun vor dem Monitor, während Ghetti die Aufzeichnung auf den Zeitpunkt vorlaufen ließ, an dem der Wagen vor die Zapfsäule fuhr. Eine Frau stieg aus, ging auf die andere Seite und hängte die Zapfpistole in den Tankstutzen. Sie benahm sie sich wirklich sehr merkwürdig. Nachdem der Tankvorgang beendet war, verschwand sie aus dem Bild. In einer anderen Kameraeinstellung konnte man sehen, wie sie den Kassenraum betrat und bezahlte. Alles spielte sich so ab, wie Signora Marchese es ausgesagt hatte.

„Stopp!" rief Marek plötzlich. Die Tür des Wagens hatte sich geöffnet und der Kopf eines Kindes wurde sichtbar.

„Kannst du ab hier in Zeitlupe abspielen?"

Ein blondes Mädchen, etwa drei bis fünf Jahre alt, mit etwas längeren Haaren war gerade ausgestiegen, als die Frau wieder erschien und das Kind unsanft in den Wagen zurück schob, einstieg und los fuhr.

„Das könnte sie sein", meinte Ghetti.

„Oder auch nicht. Können Sie ein Standbild ausdrucken, auf dem das Mädchen ganz zu sehen ist, Signora?"

Marek war sich nicht sicher. Zu undeutlich war die Aufzeichnung.

„Und eins, auf dem man das Kennzeichen des Wagens sehen kann."

„Tut mir leid, aber hier ist kein Drucker angeschlossen. Sie können aber die CD mitnehmen. Mein Chef hätte bestimmt nichts dagegen."

„Na gut", seufzte Marek, „Michele, schreib dir gleich das Kennzeichen auf und gib eine Fahndung raus. Wo kam das Auto her?"

Ghetti ließ die Aufzeichnung etwas zurückspulen.

„Aus Österreich. Ob Bauer und Friesen…"

„Sag es besser nicht", unterbrach ihn Marek sofort. Er wollte und konnte sich nicht vorstellen, dass die beiden mit ihrer Spur recht haben sollten und er mit seiner Vermutung so völlig daneben lag. Andererseits, verfolgte nicht das BKA eine Spur zu einem Pädophilen Ring in Österreich und Deutschland? Und der Wagen hatte ein österreichisches Kennzeichen. Wenn die Kleine auf dem Video tatsächlich Ann-Kathrin war, dann…

Nein, noch war nichts klar. Er schob diesen Gedanken erst einmal beiseite.

***

Marek saß mit Silvana in deren Küche beim Abendessen. Sie hatte schnell eine Antipasti Platte mit eingelegten Artischocken, getrockneten Tomaten, in Rotweinessig und Balsamico eingelegten Zwiebeln und gebratenen Zucchini zubereitet. Dazu gab es *Prosciutto di Parma*, *Asiago* Käse und Ciabatta.

„Roberto, kann es nicht doch sein, dass die Spur der BKA Leute in die richtige Richtung geht und du ausnahmsweise mal daneben liegst?"

Marek trank einen Schluck Wein und dachte einen Moment lang nach.

„Auch wenn ich es nicht wahrhaben will, ausgeschlossen ist es leider nicht. Warten wir das Ergebnis der Fahndung nach dem Wagen ab."

Silvana musste schmunzeln. Sie wusste, wie schwer es ihm gefallen sein musste, dies zuzugeben.

„Caffè?"

„Ja, gerne und einen Grappa, wenn du hast."

Während Silvana die Caffettiera auf den Herd setzte, klingelte Mareks Handy.

„Wolltest du das Ding nicht abschalten, wenn wir essen?" schimpfte sie.

„Hab ich vergessen. Es ist Michele."

„Wir haben Antwort von der österreichischen Polizei bekommen. Der Wagen gehört einer gewissen Magdalena Rossert aus Innsbruck und das Mädchen ist ihre fünfjährige Tochter. Sie waren im Urlaub in

Lido di Jesolo und mussten schnell zurück, da ihr Vater schwer erkrankt ist. Daher hatte sie es so eilig. Ich dachte, diese Nachricht freut dich."

„Und wie! Danke Michele. *Buona notte.*"

Marek schlug krachend mit der Faust auf die Tischplatte und Silvana goss vor Schreck den Grappa neben die Gläser.

„Hatte ich also doch recht. Das Mädchen aus dem Auto ist nicht das, was wir suchen."

***

Es ging schon auf Mitternacht zu. Gerhardt Bruckner stand mit einem Glas Cognac in der Hand am Fenster und starrte in die Dunkelheit. Seine Frau hatte sich bereits am späten Nachmittag hingelegt und schlief seither. Nach den Ereignissen des Tages musste er ihr ein starkes Beruhigungsmittel verabreichen, damit sie nicht völlig den Verstand verlor. Das Läuten des Telefons unterbrach die Stille.

„Hallo Franz! Was gibt es zu so später Stunde? Bist du nicht auf der Gala?"

„Doch, sicher bin ich noch da, aber ich wollte dir nur vorab eine Nachricht übermitteln, die dich auch in dieser, für euch so schweren Zeit, sicher freuen dürfte."

„Da bin ich aber gespannt."

„Zuerst einmal darf ich dir das Mitgefühl aller Anwesenden bekunden. Das Komitee hat spontan entschieden, einen Teil der Spendenerlöse in Form einer Belohnung für die Suche nach eurer Tochter zur Verfügung zu stellen. So wird morgen in allen Medien eine Belohnung von insgesamt einhunderttausend Euro ausgelobt."

Bruckner schenkte sich noch einen Cognac ein und nahm einen großen Schluck.

„Mein lieber Franz, ich bin fassungslos. Ich kann nur danke sagen. Vielen herzlichen Dank, auch im Namen von Renate. Übermittle doch bitte unseren Dank und unsere Grüße."

„Das war doch selbstverständlich, dass wir euch in dieser schweren Zeit, wie auch immer, unterstützen wollten. Mach`s gut, mein Lieber und Grüße an deine Frau. Ich muss wieder rein in den Saal."

10

10. Mai

Capitano Mambretti war zutiefst davon überzeugt, dass Signorina Rigato kein Zuhause hatte. Anders ließ es sich nicht erklären. Wenn er morgens kam, war sie schon da und wenn er abends ging, saß sie noch immer an ihrem Schreibtisch. So auch an diesem Morgen und das, obwohl es Sonntag war. Er selbst hätte eigentlich auch nicht erscheinen müssen, aber er wollte unbedingt die Aktivitäten der beiden Ermittler aus Deutschland im Auge behalten.

„*Buon giorno, signorina*. Was machen Sie denn am heiligen Sonntag hier?"

„*Buon giorno, Capitano*. Ich hatte die Ahnung, dass Sie heute auch kommen, da der Entführungsfall noch nicht aufgeklärt ist und da dachte ich mir, dass ich Ihnen etwas behilflich sein könnte. Falls es etwas zu schreiben gibt, oder so…"

Verlegen tastete sie nach ihrem Haarknoten, in dem ihre streng nach hinten gekämmten, schon mit einigen silbernen Strähnen durchzogenen, schwarzen Haare, zusammengefasst waren.

„Ich bin Ihnen sehr zu Dank verpflichtet, Signorina. Den Fall an sich bearbeitet Ghetti. Ich möchte hauptsächlich die beiden BKA Beamten im Auge behalten."

„Fürchterlich arrogante Kerle."

Mit dieser Bemerkung drehte sie sich um und entschwand, um kurz darauf mit einem Caffè und einem Blatt Papier wieder in Mambrettis Büro zu erscheinen.

„Ihr Caffè, Capitano und dieses Fax ist gerade aufgelaufen. Brauchen Sie noch etwas?"

„Nein, vielen Dank, Signorina."

Mambretti überflog das Schreiben und verschluckte sich an seinem Caffè. Das was er dort las, trieb ihm die Zornesröte ins Gesicht. Das war zu viel. Er griff nach dem Telefon.

„Ghetti, kommen Sie sofort zu mir!" bellte er in den Hörer und ein paar Sekunden später erschien der junge Maresciallo, etwas verunsichert, in seinem Büro.

„Nehmen Sie Platz, Ghetti. Ich habe gerade ein Fax vom Innenministerium erhalten. Man hat es sich nun doch anders überlegt und wünscht, dass wir den Fall unverzüglich und komplett an das BKA abgeben."

„Aber Capitano, das geht…"

„Doch, Maresciallo, das müssen wir leider so akzeptieren. Glauben Sie mir, es gefällt mir ebenso wenig wie Ihnen, aber es ist eine eindeutige Anweisung, die wir zu befolgen haben. Ab sofort werden wir uns nicht mehr an den Ermittlungen beteiligen und damit meine ich uns alle, auch Sie, verstanden?"

„*Si, Capitano.*"

„Bereiten Sie bitte eine Erklärung für die Medien vor. Man hat uns aufgetragen, die Presse zu informieren. Ich möchte das heute Nachmittag im Rahmen einer Pressekonferenz tun. Geben Sie den Leuten vom BKA Bescheid und laden auch die Eltern des Mädchens ein."

Niedergeschlagen verließ Ghetti das Büro und machte sich umgehend, aber widerwillig daran, das zu erledigen, was ihm von seinem Vorgesetzten aufgetragen wurde.

***

Marek hatte sich gerade seine Cornetti für das Frühstück besorgt und die Caffettiera auf den Herd gestellt, als er von Ghetti über das informiert wurde, was sich am Morgen im Büro des Capitano ereignet hatte.

„Verdammter Mist", polterte Marek los, „haben diese Idioten es doch noch geschafft. Ich würde nur zu gerne wissen, wer da im Hintergrund die Fäden zieht."

„Was machen wir denn jetzt? Bis zur Pressekonferenz muss ich alle Unterlagen übergeben und danach darf ich mich nicht mehr mit diesem Fall befassen."

„Für wann ist die Pressekonferenz angesetzt?"

„Für heute Nachmittag ab vier Uhr."

„Dann hast du noch etwas Zeit. Du kopierst alle Unterlagen, die ihr zu diesem Fall habt und bringst sie später zu mir. Vorher treibst du noch einen Leichenspürhund auf und ihr durchsucht das Grundstück und den Geländewagen von Bruckner."

„Aber mein Chef hat…"

„Der muss es ja nicht vorher erfahren und offiziell ist es auch noch nicht. Also mach es einfach."

Ghetti war es nicht ganz wohl bei der Sache, aber wenn sein Freund Marek es so wichtig fand, hatte er mit Sicherheit einen Grund.

Knapp eine Stunde später hatte er alle Unterlagen eingescannt und auf einem USB-Stick abgespeichert. Es war ihm viel zu riskant, mit einem Stapel kopierter Akten, die er eigentlich schon gar nicht mehr haben dürfte, durch die Gegend zu laufen. Marek hatte zwar lieber Papier in der Hand, als von dem Bildschirm seines Notebooks zu lesen, aber es ging halt nun einmal nicht anders.

Nun orderte er bei der Hundestaffel noch einen Leichenspürhund und informierte sicherheitshalber die Kollegen der Spurensicherung. Er sah auf die Uhr. Es wurde verdammt knapp. Eilig setzte er sich in seinen Dienstwagen und raste zum Haus der Bruckners. Kurz nach ihm trafen auch die Wagen der

Kriminaltechniker und der Hundestaffel ein.

„Hier waren wir doch nun schon zweimal. Glaubt ihr im Ernst, wir haben etwas übersehen?" beschwerte sich ein Kollege der Spurensicherung.

„Nein, nein", beruhigte ihn Ghetti, „ich möchte nur, dass ihr euch den Wagen genauer anseht." Dann holte er tief Luft und drückte auf den Klingelknopf. Fast augenblicklich öffnete sich die Tür und das wütende Gesicht von Doktor Gerhardt Bruckner starrte ihn an.

„Was wollen Sie denn noch hier? Sie haben doch mit der Sache nichts mehr zu tun!"

„Buon giorno, signor Bruckner", sagte Ghetti mit übertriebener Höflichkeit, „davon ist mir nichts bekannt. Würde mich nur interessieren, woher Sie diese Information haben, wenn mir nichts Offizielles bekannt ist."

„Ich habe meine Verbindungen. Das dürften selbst Sie mittlerweile wissen. Und nun verschwinden Sie."

Ghetti stellte schnell den Fuß in die Türe, als Bruckner sie zuschlagen wollte.

„Signor Bruckner, solange nichts offiziell bekannt gemacht wurde, arbeite ich weiter an diesem Fall. Sie werden mir jetzt bitte unverzüglich Ihre Wagenschlüssel aushändigen, damit wir das Fahrzeug untersuchen können."

„Und wenn nicht?"

Ghetti wollte gerade antworten, als er lautes Hundegebell aus der Garagenzufahrt vernahm. Er drehte sich um und sah den Hund, der aufgeregt vor der Heckklappe des Range Rovers hin und her tänzelte, während die Kriminaltechniker schon begonnen hatten, den Wagen von außen zu untersuchen. Ghetti drehte sich zu Bruckner um und hielt ihm die offene Hand entgegen.

„Die Schlüssel. Sieht so aus, als hätten Sie keine andere Wahl mehr."

Bruckners Augenlider zuckten unmerklich, sonst blieb er äußerlich der Souverän und händigte widerwillig die Autoschlüssel aus.

Nachdem auch der Kofferraum untersucht war, ließ man den Hund los, der sofort auf die Ladefläche sprang, kurz Witterung nahm und sich dann mit einem kurzen Bellen hinlegte.

„Hier drin hat tatsächlich eine Leiche gelegen, kein Zweifel", sagte der Hundeführer.

„Sehen Sie hier, Ghetti." Ein Kollege der Spurensicherung hielt die Speziallampe über eine Stelle des Teppichbodens, mit dem der Kofferraum ausgekleidet war. „Das sind winzige Blutspuren. Der Wagen wurde zwar gründlich gereinigt, aber das hier ließ sich noch nachweisen. Für einen DNA Abgleich sehe ich aber schwarz. Zuviel Reinigungsmittel. Mit viel Glück könnte es vielleicht noch reichen."

„Danke, Kollegen, Sie können dann abrücken."

Ghetti war bedient, aber auf der anderen Seite auch befreit. Er wollte sich nicht ausmalen, was passiert wäre, hätten sie bei dieser Aktion nichts gefunden. So hatte er wenigstens etwas in der Hand, wenngleich er für sein eigenmächtiges und unerlaubtes Handeln, bestimmt einen gewaltigen Anpfiff seines Vorgesetzten kassieren würde. Aber woher konnte Marek das wissen? Er hatte sich von Beginn an diesem Bruckner festgebissen. Sollte er tatsächlich damit recht haben? Fast sah es so aus. Er hoffte inständig, dass es nicht so war und dass es eine andere Erklärung für dies alles hier gab. Er wusste aber, dass diese Hoffnung nur noch sehr vage war.

Er brachte Bruckner, der dieser ganzen Aktion äußerlich beinahe unbeteiligt zugesehen hatte, den Schlüssel zurück.

„Signor Bruckner, Sie und Ihre Frau stehen noch immer unter Hausarrest. Sie dürfen das Haus nicht verlassen. Zumindest so lange, wie wir diesen Fall noch bearbeiten."

Der Arzt nahm wortlos den Schlüssel und schlug ihm vehement die Türe vor der Nase zu. Ghetti mochte wetten, dass er umgehend zu seinem Telefon gegangen ist. Zu gerne hätte er gewusst, wen er nun anrufen würde.

Als er gerade auf die Viale Falconera eingebogen

war, kamen ihm ein ziviles Fahrzeug mit Blaulicht und ein Mannschaftswagen der Carabinieri entgegen.

„Das war knapp", dachte Ghetti, der an die Seite gefahren war und im Rückspiegel beobachtete, wie beide Fahrzeuge in die Largo Verona einbogen, in der sich ja Bruckners Haus befand. Die Wagen hielten aber nicht vor dessen Haus, wie er vermutet hatte, sondern vor einem der Nachbargebäude. Neugierig stieg er aus um besser sehen zu können, was dort vor sich ging. Aus dem zivilfahrzeug waren mittlerweile Bauer, Friesen und ihr Dolmetscher ausgestiegen und eilten, gefolgt von einigen Uniformierten zu diesem Haus. Ein paar Sekunden später öffnete sich die Haustüre und ein Mann mittleren Alters erschien, der aber von Bauer sofort wieder zurück gedrängt wurde. Die Carabinieri waren inzwischen auch ins Haus gestürmt.

„Was war das denn?" dachte Ghetti und rief über Funk in der Zentrale an, um sich nach dieser Aktion, über die er nicht informiert war, zu erkundigen. Aber auch dort konnte man ihm keine genauen Informationen geben, nur so viel, dass man wahrscheinlich den Entführer gefunden hätte. Frustriert fuhr Ghetti zurück in die Caserma. Dort kam ihm sein Kollege Farella entgegen.

„Maresciallo, Sie sollen umgehend zum Capitano kommen. Der schäumt vor Wut."

Ghetti ahnte nichts Gutes und konnte sich schon beinahe denken, um was es ging.

„Danke, Bruno."

Auf der Treppe blieb er noch einmal kurz stehen und drehte sich um.

„Sag mal Bruno, weißt du was das für ein Einsatz ist, bei dem die beiden aus Deutschland dabei sind?"

„Nein Maresciallo, so genau weiß das keiner. Die kamen nur plötzlich hier an und forderten Verstärkung für eine Durchsuchung und Festnahme. Der Capitano hat ihnen dann fünf Mann mitgegeben. Vielleicht ist er deshalb auf hundert."

„Das auch", sagte Ghetti und ging nach oben.

Vor dem Büro seines Vorgesetzten blieb er kurz stehen, sammelte sich, zog seine Uniformjacke glatt, holte tief Luft und klopfte an.

„*Permesso*."

„Na endlich! Setzen Sie sich, Ghetti", brüllte ihn Capitano Mambretti an, „was haben Sie sich dabei gedacht? Ich hatte mich doch klar und deutlich ausgedrückt, oder? Was haben Sie nicht verstanden, als ich sagte, wir sind raus aus dem Fall? Und dann kreuzen Sie auch noch mit der Spurensicherung und einem Leichenspürhund dort auf."

Ghetti fing an zu schwitzen und sein Kragen wurde ihm zu eng. Unruhig rutschte er auf seinem Stuhl hin und her.

„Doch damit nicht genug", brüllte Mambretti weiter, „ohne jegliche Handhabe setzen Sie diese Leute auch noch unter Hausarrest. Dieser Bruckner hat sich sofort beim Konsulat beschwert und die gleich bei mir. Ich konnte nicht einmal etwas sagen, da ich ja von Ihrer Aktion nichts wusste. Macht denn hier jeder, was er will?"

Ghetti räusperte sich und nahm seinen ganzen Mut zusammen.

„Es tut mir sehr leid, Capitano. Ich übernehme die volle Verantwortung für diese Aktion..."

„Selbstverständlich, das werden Sie auch müssen", unterbrach ihn Mambretti.

„...aber es musste sein und es war richtig", vollendete Ghetti seinen Satz mit Trotz in der Stimme.

Sein Vorgesetzter, der während der Standpauke in seinem Büro hin und her gewandert war, blieb kurz stehen und sah ihn an. Dann setzte er sich wieder hinter seinen Schreibtisch, lehnte sich zurück und schlug einen moderateren Ton an.

„Sie stehen also dazu?"

„*Si, Capitano*. Voll und ganz."

„Dann lassen Sie mal hören. Warum war diese Aktion richtig? Was ist dabei herausgekommen? Ich meine, außer dem Ärger mit dem Konsulat."

„Bruckners Geländewagen wurde zwar vor kurzem gründlich gereinigt, aber trotzdem haben wir im

Kofferraum Blutspuren gefunden."

„Das ist interessant, muss aber nichts heißen. Dafür kann es eine einfache Erklärung geben."

„Könnte sein, aber da der Leichenspürhund dort angeschlagen hat, gehen wir, ich meine, ich gehe davon aus, das in diesem Wagen eine Leiche gelegen haben muss."

„Aha, wir gehen davon aus. Das war wohl wieder Ihr Freund Marek, der Sie in diese Situation brachte. Der hat ja wohl schon die ganze Zeit den Verdacht, dass die Eltern etwas mit dem Verschwinden des Mädchens zu tun haben."

„Ja, er war halt der Meinung, dass wir noch schnell handeln müssen, bis das BKA offiziell den Fall übernimmt."

„Na gut, Ghetti", meinte Mambretti und musste sich zusammenreißen, um ein Schmunzeln zu verbergen, „dann belassen wir es mal bei der mündlichen Ermahnung. Seien Sie vorsichtig. Hier spielt die Politik mit."

Der Maresciallo erhob sich und salutierte.

„*Grazie, Capitano.*"

„Ach, und denken Sie daran, dass die Pressekonferenz in zwei Stunden beginnt."

***

Zurück in seinem Büro fiel Ghetti ein, dass er vergessen hatte, das eingescannte Tagebuch der Signora

Bruckner für Marek auszudrucken. Dazu blieb ihm jetzt aber keine Zeit mehr. Er setzte sich an sein Notebook und verschickte die Datei per E-Mail. Anschließend löschte er sie, einschließlich des damit verbundenen E-Mailverkehrs, von seinem Rechner. Den USB Stick mit der kopierten Fall Akte und ein Exemplar des neuesten Phantombilds verstaute er in seinem Aktenkoffer.

***

„Meine Damen und Herren, ich begrüße Sie hier zur voraussichtlich letzten Pressekonferenz im Fall des verschwundenen Mädchens."

Ein Raunen ging durch den Raum und es wurde unruhig.

„Zumindest der voraussichtlich letzten in den Räumen der Caserma", fuhr Mambretti fort, „da sich die Dinge grundlegend geändert haben. Heute Vormittag erhielt ich ein Fax des italienischen Innenministeriums, in dem mir mitgeteilt wurde, dass die Ermittlungen im Falle der verschwundenen Ann-Kathrin Bruckner mit sofortiger Wirkung und in alleiniger Verantwortung an das deutsche Bundeskriminalamt übergehen. Wir haben vorhin die Fall Akte mit allen Unterlagen an die beiden hier anwesenden BKA Ermittler übergeben. Damit endet auch die Zusammenarbeit der Behörden. Nähere Informationen entnehmen Sie bitte unserer Presseerklärung, die wir jetzt an Sie verteilen. Über die Hintergründe kann ich Ihnen nichts sagen, denn ich kenne sie selbst nicht."

Damit übergab Capitano Mambretti das Wort an die Herren Bauer und Friesen, respektive deren Dolmetscher, der auch umgehend das Wort ergriff.

„Wir möchten hier auch das Ehepaar Bruckner begrüßen, für die es heute besonders schwer sein dürfte, hier an dieser Pressekonferenz teilzunehmen, denn heute ist der vierte Geburtstag ihrer entführten Tochter Ann-Kathrin."

Silvana Rafaeli, die diesmal mit einem Platz in den hinteren Reihen vorlieb nehmen musste, wunderte sich darüber, wie unbeteiligt, ja fast stoisch, die Eltern der Kleinen dem Hinweis auf den Geburtstag ihrer Tochter gefolgt waren. Bei ihm war es ja eigentlich immer so, wenn sie ihn bisher gesehen hatte, aber das Verhalten seiner Frau hatte sich stark verändert. Sie, die bisher so emotional in ihrem Auftreten war, die Gefühle gezeigt, die geweint hatte. Sie, die beim Aufruf an die Entführer selbst das Wort führte, wirkte nun auf einmal regelrecht teilnahmslos. Vielleicht war die Frau einfach nur am Ende ihrer Kräfte. Silvana wollte sich mit dieser Erklärung zufrieden geben, aber so restlos überzeugt war sie aber davon dann doch nicht.

„Zum Stand der Ermittlungen", fuhr der Dolmetscher fort, „gibt es Neuigkeiten. Nachdem die Suche der örtlichen Polizei nicht von Erfolg gekrönt war, haben die Herrn Bauer und Friesen ihre Spur, die, wie Sie ja wissen, in Richtung einer Schieber- und Pädophilen Bande führt, weiter verfolgt."

Capitano Mambretti war bei diesen Ausführungen wutentbrannt aufgestanden und hatte wortlos den Raum verlassen. Ghetti blieb sitzen, da er zu neugierig darauf war zu erfahren, was die Deutschen sonst noch zu berichten hatten.

„Diese Spur ist, das kann man jetzt schon sagen, sehr vielversprechend. Aus ermittlungstechnischen Gründen können wir aber nicht weiter darauf eingehen. Das werden Sie sicherlich verstehen."

„Kein Wort von diesem Foto aus dem Internet", dachte Ghetti, „scheint wohl doch nicht so eindeutig zu sein."

„Was wir sagen können ist, dass die Ermittler den Betreiber einer pädophilen Website ausfindig machen konnten, die offenbar von diesem Ring genutzt wird. Dieser Mann wurde in Tschechien festgenommen. Es handelt sich dabei um einen russischen IT-Spezialisten. Bei der Überprüfung seiner Kontakte stießen wir auf einen deutschen Geschäftsmann, dessen Haus in unmittelbarer Nähe zum Haus der Familie Bruckner steht. Es ist uns gelungen, diesen Mann heute Vormittag festzunehmen. Er wird zurzeit verhört. Wir sind nun guter Hoffnung die kleine Ann-

Kathrin bald zu finden und in den Schoß ihrer Eltern zurückzugeben. Für Sie haben wir noch eine Beschreibung und ein Foto des Schlafanzugs, den das Mädchen bei seiner Entführung trug und bitten um Veröffentlichung. Vielleicht kann sich jemand im Nachhinein daran erinnern, ein Mädchen in einem solchen Schlafanzug gesehen zu haben."

Ghetti sah sich die Beschreibung an. Das widersprach deutlich der Beschreibung, die er in der Tatnacht von den Eltern erhalten hatte. Was wird hier gespielt?

„Zum Abschluss möchten wir noch mitteilen, dass der Hausarrest des Ehepaars Bruckner natürlich mit sofortiger Wirkung aufgehoben ist. Sie können sich frei bewegen und abreisen, wenn immer sie es möchten. Signor Bruckner möchte nun noch einige Worte an Sie richten. Danke."

„Wir, meine Frau und ich, danken den Beamten des BKA für ihre erfolgreiche Arbeit. Sie können sich sicher vorstellen, was wir bisher erlitten haben, als Eltern verdächtigt und unter Hausarrest gestellt zu werden. Ich gehe fest davon aus, dass es unserer Tochter gut geht. Wir haben eine Suchseite im Internet einrichten lassen. Unter der Adresse www.finde-annkathrin.com können sich Zeugen melden. Notfalls auch anonym. Es wird eine Belohnung von insgesamt einhunderttausend Euro ausgelobt, die unsere

Freunde in München für diesen Zweck aufgebracht haben. Ich selbst werde, da der Hausarrest aufgehoben ist, für ein bis zwei Tage zurück nach Murnau fahren, um mich um ein paar persönliche Angelegenheiten zu kümmern. Ansonsten werden wir selbstverständlich hier bleiben, bis wir unsere Tochter wieder haben, oder solange es erforderlich ist. Vielen Dank."

Einige der anwesenden Journalisten spendeten verhaltenen Beifall, als Bauer, Friesen und die Bruckners den Raum verließen. Nur Ghetti und Silvana blieben nachdenklich sitzen.

„Kannst du mir sagen, was das jetzt war?" fragte Silvana.

„Keine Ahnung. Ich bin genauso überrascht wie du. Ich muss das erst einmal sacken lassen. Bin gespannt, was Roberto dazu sagt. Ich fahre gleich zu ihm."

„Grüß ihn von mir. Ich muss jetzt in die Redaktion. *Ciao*."

***

Marek saß vor der Bar Roma und trank bedächtig seinen Cappuccino. Auf einmal kam Luca, der Inhaber an seinen Tisch und setzte sich zu ihm.

„Ich muss dir was sagen."

Marek sah ihn erstaunt an.

„Was denn? Ist etwas passiert?"

„Wie man es nimmt. Ich mache Ende Oktober dicht."

Marek stellte erschrocken seine Tasse ab und starrte Luca ungläubig an.

„Wie? Was heißt das?"

„Das heißt, was es heißt. Ich schließe das Roma."

„Das kannst du doch nicht machen. Warum denn? Das ist ja so, als ob du mir meine Wohnung unter dem Arsch wegziehst."

„Ich muss, Roberto. Das Haus wurde an einen Investor verkauft und der hat gleich die Mieten verdoppelt. Das rechnet sich dann für mich nicht mehr. Da bleibt für mich nichts mehr übrig, selbst wenn ich kein Personal mehr hätte. Der Schuhladen nebenan bleibt. Die Nobeltreter, die sie dort verkaufen, sind ja auch teuer genug. Die können sich die Miete leisten. Die Bar wird in zwei Räume geteilt. In dem einen soll so ein Kitschladen für Touristen rein und auf die Ecke eine Edelboutique."

„Verdammte scheiße! Wo soll ich denn dann meinen Cappuccino trinken? Und was machst du? Stellst du dich dann auch mit einer Angel vorne an die Via Livenza?"

„Eigentlich ein schöner Gedanke, aber ich weiß es noch nicht. Man hat mir angeboten, den Kitschladen zu übernehmen. Mal sehen."

Nachdem Luca wieder hinter seinem Tresen verschwunden war, trank Marek seinen Cappuccino aus und schlenderte gedankenverloren nach Hause. War das dann noch sein Caorle? Seine Idylle, in der er den Rest seines Lebens zu verbringen gedachte? Ein Geschäft, ein Café nach dem anderen machte zu und am nächsten Tag eröffnete dort ein chinesischer Billigladen, die Filiale einer Fast Food Kette oder eine Dönerbude. Ein Spielcasino gab es mittlerweile auch schon und wenn Luca dann dicht machen musste, was blieb dann noch, zumal er das Gerücht gehört hatte, dass man den alten Fischmarkt abreißen und dort Luxuswohnungen mit Hafenblick bauen wollte? Caorle schaffte sich gerade selbst ab. Versklavte sich dem Kapital und dem Tourismus. Als er in die Via Gramsci einbog, sah er Ghetti vor seiner Haustüre stehen. Er sah ziemlich mitgenommen aus.

„*Ciao Michele*. Was ist los? Du siehst aus, als hätte man dir dein Spielzeug geklaut."

„Ach, ist doch alles eine große Scheiße."

„Wenn hier einer Grund zum Jammern hat, bin ich das."

„Wieso du?" fragte Ghetti verständnislos.

„Luca hat mir gerade eröffnet, dass er im Oktober seinen Laden dicht macht."

„Na, wenn das alles ist. Es gibt ja noch andere Bars."

„Michele, das ist mein zweites zu Hause, aber das

146

verstehst du wohl nicht. Was hat dir denn die Laune verhagelt?"

„Die Pressekonferenz eben."

„Ach, stimmt. Hatte ich ganz vergessen. Komm mit hoch. Ich mache uns einen Caffè und du erzählst mir alles. War Silvana auch da?"

„Ja, ich soll dich grüßen. Sie ist gleich in die Redaktion gefahren."

***

Ghetti berichtete ausführlich, was sich an diesem Tage alles ereignet hatte. Angefangen mit der Untersuchung von Bruckners Wagen, bis hin zu dieser ominösen Pressekonferenz. Auch die Standpauke, die von seinem Vorgesetzten erhalten hatte, sparte er nicht aus.

„Alles in allem war es ein Scheißtag", schloss er seinen Bericht, „und du bist jetzt auf dem neuesten Stand."

„Im Gegenteil, das ist doch super gelaufen", meinte Marek gut gelaunt und rieb sich die Hände.

Ghetti sah ihn fassungslos an. Manchmal verstand er diesen Mann wirklich nicht.

„Was ist daran super, wenn ich fragen darf?"

„Zugegeben, dass ihr den Fall abgeben musstet, ist dumm gelaufen, aber alles andere ist doch positiv. Wir wissen jetzt, dass in Bruckners Wagen eine Leiche transportiert wurde, was meine Vermutungen bestätigt und das BKA jagt Spuren nach, die es nicht gibt und kommt uns so nicht mehr in die Quere. Da der Hausarrest aufgehoben wurde, kann Bruckner sich wieder frei bewegen und wir haben ein Auge auf seinen weiteren Aktivitäten."

„Was sind denn deine Vermutungen genau?"

„Na, irgendwie ist das Kind zu Tode gekommen. Entweder hat einer von beiden die Kleine umgebracht, oder aber sie ist an etwas anderem verstorben und er hat sie mit dem Wagen weggefahren. Ein Leichenspürhund ist darauf trainiert Leichen zu finden", ergänzte Marek, als er Ghettis zweifelnden Gesichtsausdruck sah, „und wenn der Hund sich, wie du erzählt hast, direkt in den Kofferraum gelegt hat, dann lag da eine Leiche drin. Hundertprozentig."

„Und wo ist sie dann?" war Ghetti immer noch nicht restlos überzeugt.

„Das, mein lieber Michele, ist unsere große Aufgabe. Für mich ist jetzt klar, dass die Kleine leider nicht mehr am Leben ist. Was genau geschah, werden wir wohl erst erfahren, wenn wir den oder die Täter überführt haben."

„Du glaubst also tatsächlich, dass es die Eltern waren. Ich kann und will mir so etwas einfach nicht vorstellen."

„Die Tatsachen sprechen aber leider eine andere Sprache. Nach Abwägung aller Möglichkeiten bleibt nichts anders übrig. Die Eltern oder die Solinos. Es gibt keine Einbruchspuren und nur die Eltern haben einen Schlüssel. Signora Solino hatte ihn auch kurz, als sie nach den Kindern sah, aber der zeitliche Ablauf spricht gegen sie als Täter. Sie kann es nicht gewesen sein. Ich tippe auf den Vater. Zumindest hat er die Leiche abtransportiert. Er war zehn Minuten länger weg, als die Signora. In dieser Zeit muss er die Leiche weggebracht haben. Das heißt, sie ist noch hier in der Gegend. Später hatte er keine Zeit oder Gelegenheit mehr. Jetzt, da er frei ist und ihr ihn nicht mehr beschatten dürft, wird er versuchen, die Leiche endgültig zu entsorgen. Da müssen wir zuschlagen. Wenn wir das verpassen, wird die Sache niemals aufgeklärt werden, was wahrscheinlich auch im Interesse der involvierten deutschen Behörden sein dürfte. Der Skandal wäre wohl zu unangenehm. Übrigens, so wie du mir das Verhalten der Mutter geschildert hast, glaube ich, dass sie erst jetzt erfahren hat, was geschehen ist."

„Klingt grausam, aber plausibel. Wo sollte er aber die Leiche hier versteckt haben? Wir haben doch alles abgesucht."

„Keine Ahnung. Wir müssen jetzt nur an ihm dranbleiben. Morgen ist er ja erst einmal weg. Ich werde mich verstärkt in der Gegend um sein Haus herumtreiben und du kannst ja dort mit deinem

Dienstfahrzeug ruhig ein paarmal am Tag auffällig vorbeifahren. Er darf sich nicht zu sicher fühlen. Dann macht er vielleicht Fehler."

„Wir dürfen doch in diesem Fall nicht mehr tätig sein."

„Aber Streife fahren darfst du ja wohl noch, oder? Hast du die Unterlagen kopiert?"

„Ach so, ja, hier sind sie", sagte Ghetti etwas irritiert von dem plötzlichen Themenwechsel und legte den USB Stick auf den Tisch, „ich hatte keine Zeit mehr zum Kopieren."

„Und das Tagebuch?"

„Hab ich dir per E-Mail geschickt. Ich musste die Datei von meinem Rechner verschwinden lassen."

„Aber ich habe doch keinen Drucker."

„Dann liest du die paar Seiten halt auf dem Bildschirm. Es ging halt nicht anders. Und hier ist noch das neueste Phantombild."

„Na gut. Hast du Hunger? Ich mache Pasta mit Brokkoli, Knoblauch, gerösteten Pinienkernen und jeder Menge *Parmigiano*."

11. Mai

Gerhardt Bruckner packte noch einige Unterlagen in seinen Aktenkoffer und trank seinen Tee aus. Seine Frau lag noch im Bett. Mit ihr hatte er kaum noch gesprochen, seit sie vorgestern dieses unselige Gespräch mit angehört hatte, dass er mit diesem vertrottelten Polizisten führen musste. Seither stand sie permanent unter einer hohen Dosis Heptaxythol, dieses starken Beruhigungsmittels, das er von Eduardo Solino zu Testzwecken bekommen hatte. Ließ die Wirkung nach, erging sie sich in Selbstzweifeln und Schuldzuweisungen und ein Heulkrampf jagte den anderen. Er wollte jetzt erst einmal nach Murnau in seine Klinik fahren, ein paar geschäftliche Dinge regeln und mit seinem Freund Franz Riedle zu Abend essen. Für die Zeit seiner Abwesenheit wollte er zur Betreuung der Zwillinge ein Kindermädchen einstellen, doch seine Frau war dagegen. Sie würde das schon schaffen, hatte sie nur gemeint. Er nahm seinen Koffer und wollte gerade das Haus verlassen, als sein Telefon klingelte. Genervt stellte er den Koffer ab und zog das Handy aus der Tasche.

„Bruckner."

„Signor Gerhardt Bruckner?" fragte eine sanfte Männerstimme auf Italienisch.

„Ja, mit wem spreche ich? Ich bin in Eile."

„Ich bin Monsignore Isari aus Venedig. Ich möchte Sie auch nicht lange aufhalten. Der Patriarch von Venedig, Kardinal Moretti, würde Sie und Ihre Frau gerne morgen zu einer privaten Audienz empfangen, um Ihnen Trost zu spenden und Sie des Beistandes der heiligen Mutter Kirche in der, für Sie so schweren Zeit, zu versichern."

Bruckner nahm kurz das Telefon vom Ohr und ging ein paar Schritte auf und ab. Seine Gedanken überschlugen sich förmlich. Dann hatte er seinen Entschluss gefasst.

„Signor Bruckner? Sind Sie noch da?"

„Tut mir leid, Monsignore. Es kam nur so überraschend. Natürlich ist es für uns eine große Ehre. Wir kommen gerne. Können Sie mir schon genaueres sagen?"

„Ihre Zusage, als solche darf ich Ihre Worte wohl werten, freut uns. Wenn Sie sich dann morgen bitte um sechzehn Uhr vor dem nördlichen Seiteneingang der Basilika San Marco in Venedig einfinden würden. Dort werden Sie erwartet. Das Hauptportal ist leider wegen Restaurierungsarbeiten geschlossen. Grüßen Sie bitte Ihre liebe Frau."

Nachdenklich schob er sein Handy wieder in die Tasche. Das war mit Sicherheit nicht schlecht für sie, nur musste er einen Tag früher zurück sein. Diese positive Aufmerksamkeit konnten sie, nach so vielen negativen Schlagzeilen, schon gebrauchen. Nur wie für Aufmerksamkeit sorgen? Da fiel ihm ein, dass er ja noch die Visitenkarte dieses Fernsehmenschen von Televenezia hatte.

Nachdem er den Anruf getätigt hatte, schrieb er noch eine kurze Notiz für seine Frau, legte sie auf den Küchentisch und verließ das Haus. Nach ein paar hundert Metern kam ihm ein Polizeifahrzeug entgegen. Sofort hielt er an und beobachtete den Wagen im Rückspiegel. Als er sah, dass er nach rechts in die Via Torino einbog, fuhr er beruhigt weiter.

Maresciallo Ghetti war es nicht entgangen, dass Bruckners Range Rover plötzlich stehen geblieben war. Daher bog er kurz ab, wendete und fuhr langsam wieder zurück. Als er sah, dass Bruckner weiter gefahren war, trat er den Rückweg an.

***

Marek saß am Küchentisch und studierte aufmerksam Silvanas Artikel. Sie hatte sich nicht, wie andere ihrer Kollegen dazu hinreißen lassen, den Ausführungen von Bauer und Friesen bei der Pressekonferenz Glauben zu schenken. Im Gegenteil, sie hinterfragte offen deren Ermittlungsarbeit, was Marek ein breites Grinsen ins Gesicht trieb. Es muss für sie nicht leicht gewesen sein, ihren Redakteur davon zu überzeugen. Zufrieden faltete er die Zeitung zusammen, trank seinen Caffè aus und ging in sein Arbeitszimmer. Er wollte sich in Ruhe mit dem Tagebuch von Signora Bruckner befassen. Vielleicht gab es darin ja Hinweise darauf, was geschehen sein konnte, oder warum.

Die ersten Seiten stammten vom Anfang des Jahres. Offenbar führte die Signora eine Art Jahrbuch. Neben dem üblichen Alltagseinerlei, ich war beim Friseur, oder mein Mann ist kaum noch zu Hause, gab es immer wieder Bemerkungen über die Kinder. Vor allem Ann-Kathrin war ihr zu lebhaft. Im Februar beklagte sie sich, darüber, dass die Besuche bei einem Kinderpsychologen absolut nichts gebracht hätten. Er habe das Kind für absolut gesund erklärt. Man müsse sich halt entsprechend mehr mit ihr beschäftigen. Danach beklagte sich Signora Bruckner, dass sie wegen Ann-Kathrin bald kein eigenes Leben mehr hätte. Mit Freundinnen Kaffee trinken, oder einkaufen gehen sei nicht mehr möglich. Nicht einmal in Ruhe Telefonieren oder eine Zeitschrift lesen könnte sie. Immer wäre gleich das Kind da und wolle irgendetwas. Die Bezeichnung *das Kind* wählte sie immer öfter.

„Ich bin völlig fertig. Das Kind hat mich mit seiner

Lebhaftigkeit ausgelaugt. So kann es nicht weitergehen. Jemand müsste das Kind einmal disziplinieren. Ich kann es nicht. Ich hoffe auf den Urlaub. Was ist, wenn es dann auch nicht besser wird? Gerhardt kommt schon wieder nicht zeitig aus der Klinik und das Kind nervt..."

Das war der letzte Eintrag vom 28.April, offenbar der Tag, an dem sie hierher gefahren sind.

„Warum schaffen sich die Leute eigentlich Kinder an, wenn sie ihnen dann doch nur auf den Wecker gehen? Die Frau wusste doch sicher vorher schon, dass sie ihr Leben wird umstellen müssen, wenn ein Kleinkind im Haus ist und der Vater nicht Hausmann spielen kann", dachte Marek.

Bei diesen Äußerungen, die sie dem Tagebuch anvertraute, konnte er sich schon eine Kurzschlusshandlung der Mutter vorstellen. Wie sollte er jetzt aber mit diesem Wissen umgehen? Offiziell verwenden ließ es sich nicht, noch nicht. Da ihm ad hoc nichts einfiel, rief er erst einmal Ghetti an. Vielleicht gab es ja etwas Neues.

„*Ciao, Michele.* Wollte mal hören, ob es Neuigkeiten gibt."

„Nein, leider nicht. Wir erfahren ja auch nichts mehr, seit das BKA den Fall an sich gerissen hat. Bruckner ist vorhin abgereist. Als er mich kommen sah, ist er stehen geblieben und hat mich wahrscheinlich im Rückspiegel beobachtet. Ich bin dann kurz in die Via Torino abgebogen und er ist weitergefahren. Mehr habe ich nicht. Und du?"

„Ich habe mir einmal das Tagebuch zu Gemüte geführt."

„Und, gibt das etwas her?"

„Ich sage es einmal so, wenn du wüsstest, dass deine Mutter so über dich und deine Existenz denkt, würdest du bestimmt neurotisch werden. Die Kleine ist der Mutter auf den Wecker gefallen, dabei wollte sie wahrscheinlich nur Aufmerksamkeit. Im Februar waren sie sogar bei einem Kinderpsychologen, der das Mädchen für lebhaft aber völlig normal erklärte, was der Mutter auch nicht passte. Von den Zwillingen steht kaum etwas drin. Das Tagebuch endet an dem Tag, an dem sie hierher gefahren sind. Ich würde ihr jetzt, nachdem was ich gelesen habe, auch die Tat zutrauen."

„Nur leider können wir nichts damit anfangen."

„Abwarten. Vielleicht fällt uns ja noch etwas ein. Wo wir gerade dabei sind, was hat eigentlich der DNA Abgleich ergeben und hast du etwas von den Spuren in Bruckners Wagen gehört?"

„Nein, ich habe noch nichts, aber ich rufe gleich einmal an. Ich muss auflegen, mein Kollege fuchtelt mir hier mit einem Zettel vor der Nase rum. Scheint wichtig zu sein. Bis später."

„Was gibt es denn so wichtiges, Farella?"

„Da ist einer, der sagt er weiß etwas."

„Wovon weiß er was?"

„Na, von dem vermissten Mädchen."

„Dann schick ihn halt rein."

„Das geht nicht."

„Wieso geht das nicht, Farella?"

„Weil er am Telefon ist, deshalb."

„Mama mia, dann stell ihn durch."

Der Brigadiere machte auf dem Absatz kehrt und war schon an der Türe, als Ghetti ihm nachrief: „Wie heißt der Anrufer denn?"

„Das weiß ich nicht, Maresciallo. Er wollte mir seinen Namen nicht sagen."

„Na gut, stell ihn durch."

Kurz darauf klingelte es. Ghetti schaltete das Aufnahmegerät ein und nahm den Hörer ab.

„Maresciallo Ghetti, mit wem spreche ich?"

„Das tut nichts zur Sache", sagte eine heißere, männliche Stimme, von der Ghetti annahm, dass sie verstellt ist, „ich weiß etwas, was euch interessieren wird."

„Können Sie mir dann bitte auch sagen, was Sie wissen?"

„So funktioniert das nicht. Nicht am Telefon. Heute Abend um halb elf am Campanile. Kommen Sie allein und nicht in Uniform."

Dann klickte es in der Leitung und das Gespräch war beendet.

„Der hat wohl zu viele Krimis im Fernsehen gesehen", dachte Ghetti und überlegte, wie er jetzt damit umgehen sollte. Er kam zu dem Schluss, die Sache an das BKA abzutreten. Sollen die sich damit vergnügen. Die haben ja ohnehin den Fall jetzt alleine für sich. Er rief im Park Hotel Pineta an und ließ sich mit dem Dolmetscher der beiden verbinden.

„Bleiben Sie bitte noch einen Moment in der Leitung, ich werde die Herren fragen, ob sie noch irgendwelche Anweisungen für Sie haben."

„Sie können mich mal", schnaubte Ghetti wütend und knallte den Hörer auf.

„Soweit kommt es noch. Erst alles daran setzen, uns aus dem Fall raus zu kegeln und dann Anweisungen erteilen wollen und zu ihren Laufburschen machen."

Als er sich wieder beruhigt hatte, rief er im Labor an, um sich nach den Ergebnissen zu erkundigen.

***

Marek hatte eine innere Unruhe gepackt. Das Buch, was er gerade las, hatte er nach einigen Seiten zugeschlagen und beiseite gelegt. Nun marschierte er in seinem Arbeitszimmer auf und ab und überlegte angestrengt, was er tun könnte. Über eine Woche war das Kind nun spurlos verschwunden und die Ermittlungen drehten sich im Kreis, drohten gar an dem Kompetenzgerangel ganz zu scheitern. Er nahm seinen Autoschlüssel vom Schreibtisch, zog seine Jacke über und verließ das Haus. Gemächlich fuhr er über die Viale Santa Margherita. Das Wetter war herrlich und die Vorsaison in vollem Gang. Die Läden und Restaurants hatten sich fein rausgeputzt und warteten auf das Geld der Touristen, doch Marek hatte für all das keinen Blick übrig.

Er stellte seinen Lada am Ende der Viale Falconera ab und sah hinüber zum Haus der Bruckners. Was ist vor acht Tagen hier vorgefallen? Bruckner hatte die Leiche des Kindes, von dessen Tod Marek überzeugt war, in seinem Auto weggebracht. Davon ging er auch aus. Dafür hatte er, Hin- und Rückweg zusammengenommen, maximal zehn Minuten Zeit. Aus der Stadt konnte er die Leiche in dieser Zeit nicht gebracht haben. Dafür war die Zeit zu kurz. Nach Süden ging nicht, da war nur der Strand und das Meer und mit einem Boot hätte er das in dieser Zeit nie geschafft. Im Westen war es auch nicht möglich, dort war alles bebaut und bewohnt. Blieben also nur die Felder und Wiesen im Norden und im Osten der Bereich um die Campingplätze und die Lagune.

Marek ging zu Fuß weiter. Vor dem Tor zu diesem ehemaligen Ferienheim blieb er stehen und betrachtete das Gebäude. Es schien eigentlich noch nutzbar zu sein, sah man einmal von einigen zerbrochenen Fensterscheiben und dem verwilderten Grundstück ab. Das Tor war mit einer dicken, verrosteten Eisenkette und einem großen Vorhängeschloss gesichert.

In diesem Moment klingelte sein Handy.

„*Pronto.*"

„Ich bin`s, Michele. Vorhin, als wir unterbrochen wurden, kam ein anonymer Anruf. Der Anrufer, der offensichtlich seine Stimme verstellt hatte, behauptete etwas von der verschwundenen Ann-Kathrin zu wissen. Er will mich heute Nacht am Campanile treffen. Dann will er mir mehr erzählen."

„Du gehst doch hoffentlich nicht dahin? Das war bestimmt irgend so ein Schwachkopf, der sich wichtigmachen will."

„Nein, ich habe das an die Beiden vom BKA abgegeben. Die haben ja den Fall jetzt exklusiv."

„Gut so. Sollen die ihren Spaß damit haben. Was hast du von der Spurensicherung erfahren?"

„Ich habe gerade mit dem Labor telefoniert."

„Und, was sagen die?"

„Nichts."

„Wie nichts?"

„Die sagen uns nichts, weil sie uns nichts mehr sagen dürfen. Bauer und Friesen haben alles einkassiert und die Leute zum Stillschweigen verpflichtet. Die

Unterlagen und Ergebnisse wurden in ein Labor nach Wiesbaden geschickt. Jetzt haben wir gar nichts mehr."

„Aber die haben doch keinerlei Verfügungsgewalt. Wie können sie dem Labor solche Anweisungen geben?"

„Das BKA arbeitet jetzt mit der *Polizia di Stato* zusammen. Ein *vice commissario* Loriano aus Padua, hat Bauer und Friesen begleitet."

„Diese verdammten Schweine!" tobte Marek. „Die wollen doch irgendetwas unter den Teppich kehren."

„Ich glaube es langsam auch. Übrigens, die Phantombilder haben, wie erwartet, auch keine Ergebnisse gebracht."

Marek kochte vor Wut und hatte auch vergessen, warum er eigentlich hierher gefahren war. Schlecht gelaunt ging er zurück zu seinem Wagen. Eine schwarz gekleidete Gestalt schob einen Einkaufswagen, in dem ein großes, verschnürtes Bündel lag, in Richtung Via Torino, aber er war innerlich so aufgebracht, dass er ihr keinerlei Beachtung schenkte.

Auf dem Rückweg erstand er im Supermarkt noch ein, mit Rucola, Schinken und *Provolone* belegtes Panino. Das musste als Mittagessen reichen. Am Abend war er ohnehin mit Silvana bei Rosa verabredet. Da konnte er ja Entgangenes wieder nachholen.

***

Marek hatte sich als erstes eine große Portion *spaghetti aglio olio e scampi* bestellt, während Silvana ganz auf eine Vorspeise verzichtete und sich nur einen gemischten Salat mit ein paar gebratenen Sardinenfilets bestellte. Da halfen auch seine Überredungsversuche nicht. Sie wollte später noch arbeiten und ein voller Bauch würde sie träge machen.

Als sie dann später, er hatte noch eine Portion *cozze al vino bianco* verdrückt, bei Caffè und Grappa saßen, berichtete Silvana, dass ihre Redaktion von der Polizei eine Nachricht erhalten hätte, wonach Kriminaltechniker aus Padua bei einer neuerlichen Untersuchung des Kinderzimmers der vermissten Ann-Kathrin, DNA einer unbekannten Person gefunden hätte, die höchstwahrscheinlich dem Täter zugeordnet werden könne. Außerdem hätte sich ein Anrufer gemeldet, der etwas zu diesem Fall auszusagen hätte. Die Polizei hielt den Anrufer für glaubhaft.

„Von dem Anruf hat Ghetti mir erzählt. Der Anrufer hätte mit verstellter Stimme gesprochen und wollte Michele heute Nacht am Campanile treffen. Er war so schlau und hat das gleich an die beiden vom BKA weitergeleitet. Von der neuerlichen Untersuchung in dem Kinderzimmer wussten wir nichts. Ich halte das alles für Schwachsinn. Ghettis Leute haben das Zimmer zweimal gründlich untersucht. Wenn da etwas gewesen wäre, hätten sie es gefunden. Die wollen nur von den Tatsachen ablenken."

„Und die wären?"

„Das Mädchen ist tot. Wie es gestorben ist, wissen wir nicht. Die Leiche wurde in Bruckners Wagen weggeschafft. Wohin, wissen wir auch noch nicht. Alles was sonst so von Bauer und Friesen als mögliche Spuren und Indizien für eine Entführung verkauft wurden, ist Blödsinn und dient nur zur Ablenkung."

„Das ist deine persönliche Meinung."

„Und die Indizienlage. Warum werden sonst alle Ergebnisse der Spurensicherung plötzlich einkassiert und angeblich zum BKA nach Wiesbaden geschickt? Was will man verbergen? Fakt ist, das Kind wurde von jemandem aus dem Haus gebracht, der einen Schlüssel dazu hat. Es gibt keine Spuren, die einen anderen Schluss zulassen. Fakt ist, im Kinderzimmer, auf dem Rasen unterhalb des Fensters und im Wagen von Bruckner wurden Blutspuren gefunden. Fakt ist, auf dem Vordach wurden Faserspuren gefunden, die von einer Kinderdecke, oder einem Schlafanzug stammen könnten. Fakt ist, auf der Pressekonferenz wurde plötzlich ein Bild des Schlafanzugs der Kleinen veröffentlicht, das der Beschreibung, die die Eltern am Tag des Verschwindens der Polizei gaben, völlig widerspricht. Warum wohl? Und Fakt ist, dass in Bruckners Wagen definitiv eine Leiche transportiert wurde. Das reicht bei uns normalerweise für die Untersuchungshaft."

„Das stimmt", meinte Silvana nach kurzer Überlegung, „vielleicht sollte ich einmal in dieses Wespennest hineinstoßen, falls du nichts dagegen hast."

„Das wäre ausgesprochen hilfreich", grinste Marek sie an.

„Dann lass uns gehen. Ich setze mich gleich an meinen Computer."

12

12. Mai

Zufrieden faltete Marek die Zeitung zusammen, schenkte sich noch Caffè nach und steckte sich eine Zigarette an. Silvanas Artikel war wirklich hervorragend gelungen. Sie hatte den Spagat zwischen dem, was der Presse von offizieller Seite als Ermittlungsergebnisse präsentiert wurde und dem, was er gestern Abend noch mit ihr besprochen hatte, sehr gut hinbekommen. Die Fragen nach einer Beteiligung der Eltern am Verschwinden ihrer Tochter waren ebenso unterschwellig gestellt, wie die Frage, ob das Kind überhaupt noch am Leben sei, oder was die Ermittler damit bezwecken wollten, Beweise zu unterschlagen. Und doch würden genau diese Fragen bei dem geneigten Leser hängenbleiben. Er war auf die Reaktionen gespannt. Jetzt musste eigentlich etwas passieren, eine Reaktion erfolgen. Sein Telefon meldete sich.

„*Pronto.*"

„Nix pronto. Jakob hier. Hallo altes Haus", meldete sich sein Freund Jakob Jung, Forensiker aus Frankfurt, „wie geht es dir denn so? Habe von Paul gehört, dass du schon wieder in einem Fall drinsteckst. Hat dir das letzte Mal nicht gereicht?"

„Hallo Jakob, freut mich auch dich zu hören. Das ist ja kein richtiger Fall in dem Sinne. Der Doktor hat seine Beziehungen spielen lassen und schon war die örtliche Polizei den Fall los."

„Das ist der Grund, warum ich anrufe. Heute Morgen war hier in diesem Käseblatt mit den vier Buchstaben ein Exklusivinterview mit dem Mann zu lesen."

„Ach, ich dachte du wolltest mein zartes Stimmchen hören", tat Marek beleidigt.

„Das natürlich auch, aber ich dachte, es würde dich vielleicht interessieren."

„Na klar, was hat er denn so von sich gegeben?"

„Zuerst ist er vor Schuldgefühlen zerflossen und dann…"

„Welche Schuldgefühle?" unterbrach ihn Marek, „hat er etwa eine Mitschuld offen eingeräumt?"

„Nein, man hätte das Kind nicht alleine lassen dürfen und so weiter. Danach hat er über die Unfähigkeit deiner italienischen Kollegen gewettert und sich ausdrücklich bei den Ermittlern des BKA und einer Detektei Veith für deren Einsatz bedankt, die innerhalb kürzester Zeit die Ermittlungen auf einen vielversprechenden Weg gebracht hätten. Er sei nun guter Hoffnung, dass sie ihre Tochter bald wieder wohlbehalten zurückbekommen würden. Außerdem hat er angekündigt, dass er und seine Frau von Kardinal Moretti in Venedig empfangen würden, um mit ihm für ihre Tochter zu beten."

„Dieser falsche Fuffziger", regte Marek sich auf, „erst bringen die das Kind um und er lässt die Leiche verschwinden und dann so etwas scheinheiliges. Das kotzt mich an."

„Weißt du eigentlich was du da sagst?"

„Ich bin felsenfest davon überzeugt, dass die Mutter oder der Vater, oder beide gemeinsam das Kind umgebracht haben. Ich weiß nur noch nicht wie und wohin sie die Leiche gebracht haben. Die Spuren, denen Bauer und Friesen nachjagen, sind doch nur Ausdruck deren Unfähigkeit und Hilflosigkeit, Außerdem sind einige davon bewusst gelegt. Wahrscheinlich auch von diesem Detektiv, den Bruckner engagiert hat. Warum sonst lassen die Beweise verschwinden?"

„Das ist ganz schön harter Tobak, mein Lieber. Wenn ich dich nicht schon so lange kennen würde, müsste ich sagen, dass du spinnst. Was heißt eigentlich, die lassen Beweise verschwinden?"

Marek berichtete seinem Freund, was bei den Untersuchungen des Kinderzimmers, des Vordachs, des Gartens und des Autos an Spuren sichergestellt worden war und dass dies alles, noch bevor die örtliche

Polizei die Ergebnisse bekam, vom BKA, in Zusammenarbeit mit der *Polizia di Stato*, einkassiert und nach Wiesbaden geschickt wurde.

„Das ist in der Tat ein Skandal. Ich kenne in der forensischen Abteilung des BKA ein paar Leute. Vielleicht bekomme ich etwas heraus. Ich melde mich. Mach`s gut."

„Das wäre super. Ich danke dir."

***

Um zwanzig Minuten vor drei Uhr am Nachmittag legte das Wassertaxi, von Treporti aus kommend, am Anleger gegenüber dem Hotel Danieli an der Riva degli Schiavoni an. Gerhardt Bruckner bezahlte den Bootsführer und ging mit seiner Frau und in Begleitung der BKA Beamten Bauer und Friesen, deren Dolmetscher sowie Vice Commissario Loriano, an Land. Eigentlich wollten sie von Punta Sabioni aus mit der Linie 14 fahren, doch die Polizei hatte Bedenken, dass die Aufmerksamkeit auf einem öffentlichen Verkehrsmittel zu groß sei und damit die Sicherheit nicht mehr gewährleistet werden könnte. Daher beschloss man zum abseits gelegenen Anleger in Treporti zu fahren und dort ein Wassertaxi zu bestellen. Vom Anleger aus waren es nur ein paar Minuten zum Treffpunkt. Vorbei am Palazzo Prigioni ging es zum Palazzo Ducale an der Piazzetta und weiter zur Basilika am nordöstlichen Ende der Piazza San Marco. Für die prachtvolle Fassade hatten sie keinen Blick übrig. Plötzlich tauchte ein Fernsehteam von Televenezia vor ihnen auf, dass sie bis zum Seiteneingang der Basilika begleitete und filmte, während eine Reporterin unentwegt Fragen stellte, die von den Bruckners mit stoischer Ruhe beantwortet wurden.

Plötzlich tauchte aus dem Dunkel der Kirche ein etwa vierzigjähriger, völlig kahlköpfiger Geistlicher auf.

„Buon giorno. Ich bin Monsignore Isari. Wenn Sie mir bitte folgen wollen. Seine Eminenz, Kardinal Moretti erwartet Sie schon", sagte er mit einer seltsam weichen, entrückten Stimme.

Als das Fernsehteam Anstalten machte, ebenfalls mit hinein zu gehen, hob Monsignore Isari die Hand.

„Wir wollen doch den Anstand wahren…"

***

Marek saß vor den Notizen an seiner Wand und grübelte vor sich hin. Wie lange er schon so dort saß, konnte er nicht sagen. Jedenfalls brachte es ihn nicht weiter und sein Rücken schmerzte. Er ging hinüber in sein Wohnzimmer, ließ sich auf die Couch fallen und schaltete den Fernseher an. Nachdem er sich durch diverse Werbesendungen und schwachsinnigen Rateshows, gezappt hatte, die von spärlich bekleideten, blonden Wesen moderiert wurden, deren kaum bedeckte Oberweiten in einer Werkstatt des Grauens modelliert worden sein mussten, blieb er, pünktlich zu den siebzehn Uhr Nachrichten beim regionalen Sender Televenezia hängen. Nach einem kurzen Abriss über das, was sonst so in der Welt an uninteressanten Dingen geschehen war, kam man mit einer Liveschaltung zur Meldung des Tages und Marek verschlug es die Sprache.

„…wurde vor knapp einer Stunde das deutsche Arztehepaar Bruckner vom Patriarchen von Venedig in der Basilika an der Piazza San Marco zu einer Audienz empfangen. Kardinal Moretti spendete den Eltern der noch immer vermissten Ann-Kathrin Trost in dieser, für sie so schweren Zeit und versicherte sie des Beistandes der katholisch Kirche. Wir zeigen Ihnen jetzt noch einmal die bewegenden Bilder dieses Ereignisses."

Marek wurde es schlecht. Er schaltete den Fernseher wieder ab, ging in die Küche und trank erst einmal einen großzügig bemessenen Grappa.

„Die schrecken doch tatsächlich vor nichts zurück und sorgen damit noch für eine positive Publicity", dachte er wütend.

Er brauchte jetzt frische Luft, nahm seine Jacke, die Autoschlüssel und verließ das Haus. Scheinbar ziellos fuhr er umher, doch am Ende landete er wieder in der Nähe von Bruckners Haus. Der Wagen war nicht da. Konnte ja auch noch nicht, wenn sie damit in Venedig waren. Wenn Bruckner gestern noch in Murnau war und jetzt schon wieder in Venedig, musste er ja ganz schön sportlich unterwegs gewesen sein, überlegte Marek und stellte seinen Lada in der Via Torino ab. Langsam schlenderte er hinunter zum Strand, setzte sich in den noch warmen Sand und sog die frische Meeresluft ein. Erst als die Dämmerung einsetzte, ging er zurück zu seinem Wagen. Doch statt einzusteigen, zog es ihn aus irgendeinem Grund wieder in die Viale dei Cacciatori. Langsam schlenderte er die im Halbdunkel liegende Straße entlang, als plötzlich auf der Höhe des ehemaligen Ferienheims eine schwarz gekleidete Gestalt auftauchte, die einen Einkaufswagen vor sich herschob, in dem sich ein verschnürtes, großes Bündel befand. Als die Gestalt Marek erblickte, rannte sie davon. Er nahm die Verfolgung auf, doch er war halt nicht mehr der Schnellste und auf Höhe der Campinganlagen hatte er sie verloren. Schwer schnaufend ging er zurück zu seinem Wagen und fuhr nach Hause. Unterwegs hielt er noch bei einer Pizzeria und kaufte sich eine große *diavolo*, die er daheim genüsslich verspeiste. Das hatte er sich verdient. Nachdem er sich dann noch seine Verdauungszigarette angesteckt hatte, rief er Ghetti an, um ihm von dem zu berichten, was ihm widerfahren war.

„...und da tauchte plötzlich so eine schwarze Gestalt auf, die einen Einkaufswagen vor sich herschob. Als er mich sah, ist er abgehauen und ich habe ihn verloren. Ich gehe mal davon aus, dass es ein junger Mann war. In seinem Einkaufswagen hatte er so ein verschnürtes Bündel. Das könnte durchaus eine Kinderleiche sein. Den Kerl müssen wir finden."

„Das hättest du dir sparen können", lachte Ghetti, „das war *il fantasma*, der Typ ist harmlos."

„Das Gespenst?"

„Ja, weil er immer wie aus dem Nichts auftaucht und wieder verschwindet. Und immer nur in dieser Gegend."

„Wieso das denn? Wer ist das?"

„Das ist eigentlich ein ganz armer Kerl. Er war ein Kitesurfer der vor ein paar Jahren hier einen schweren Unfall hatte."

„Was, zum Teufel, ist ein Kitesurfer?"

„Das sind die Surfer, die sich mit einem Fallschirm übers Wasser ziehen lassen und dabei riesen Sprünge machen."

„Ach so, die hab ich erst die Tage hier am Strand gesehen. Was ist mit dem passiert?"

„Als es ihn einmal besonders hoch rausgetragen hatte, erwischte ihn eine Windböe, der Schirm verheddderte sich und er stürzte kopfüber auf den Strand. Körperlich ist nichts zurückgeblieben, aber geistig ist er seit dieser Zeit sehr verwirrt. Er ist einfach hiergeblieben. Im Sommer treibt er sich meistens am Strand herum und sieht den Surfern zu und im Winter darf er auf einem Campingplatz übernachten und macht Gelegenheitsarbeiten. Deshalb ist er immer nur in dieser Gegend zu sehen, oder auch nicht. Eben wie ein Gespenst."

„Und du glaubst nicht, dass er mit dem Verschwinden der Kleinen etwas zu tun haben könnte?"

„Nein, auf keinen Fall."

13. Mai

Silvana Rafaeli stand im Bad und widmete sich voller Hingabe ihrer Zahnpflege. Die Türe hatte sie offen gelassen, damit sie die Nachrichten hören konnte, die in ihrem Küchenradio liefen. Plötzlich hielt sie kurz inne, dann rannte sie hinaus, die Zahnbürste immer noch im Mund und drehte das Radio lauter. Was sie da gerade vernahm, trieb ihr die Zornesröte ins Gesicht. Wutentbrannt ging sie zurück ins Bad, spülte sich den Schaum aus dem Mund, stapfte dann in ihr Arbeitszimmer und wählte Mareks Nummer.

Robert Marek wälzte sich im Bett hin und her und hielt sich das Kissen über den Kopf. Als sein Telefon immer weiter läutete, gab er sich einen Ruck, setzte sich auf und griff nach der Lärmquelle auf seinem Nachttisch, was er aber umgehend bereute.

„Wieso weiß ich davon nichts", hörte er Silvana am anderen Ende brüllen, „wieso erzählst du mir nichts davon? Aus dem Radio musste ich es erst erfahren."

„Was ist denn los? Wieso rufst du mich mitten in der Nacht an, nur um mich anzuschreien?"

„Rede dich nur raus. Es ist bereits zehn Minuten nach sieben. Hast du etwa noch keine Nachrichten gehört?"

„Silvana, ich schlafe noch. Um was geht's hier eigentlich?"

„Um was es geht? Das werde ich dir sagen. Es geht darum, dass ich aus dem Radio erfahren musste, dass die Polizei auf einem Acker in der Nähe von Brussa nach der Leiche des vermissten Mädchens sucht. Und jetzt erzähle mir nur nicht, dass du davon nichts weißt."

Marek war mit einem Schlag wach. Nachdenklich kratzte er sich am Kinn.

„Hallo? Bist du noch da?"

„Sicher bin ich noch da. Ich musste nur kurz nachdenken. Ich habe davon wirklich nichts gewusst. Bauer und Friesen geben doch keine Informationen mehr an Ghetti. Mich überrascht nur, dass sie plötzlich auch vom Tod des Mädchens ausgehen, wo sie doch bisher immer an eine Entführung durch Pädophile geglaubt haben."

„Dann hast du also wirklich nichts davon gewusst", meinte Silvana versöhnlich, „aber könntest du für mich eventuell die Hintergründe herausfinden?"

„Sicher, die würden mich auch interessieren."

Nachdem Silvana aufgelegt hatte, saß Marek noch

eine Weile auf der Bettkannte und starrte auf das Telefon in seiner Hand, als könne es ihm Auskunft geben. Dann gab er sich einen Ruck, stand auf und stapfte in die Küche. Jetzt brauchte er erst einmal einen starken Caffè, ohne den konnte er nicht nachdenken.

Als die Caffettiera auf dem Herd blubberte, nahm er sie herunter, schenkte sich eine Tasse ein und steckte sich eine Zigarette an. Was war da passiert? Ob Ghetti etwas davon weiß? Er griff nach dem Telefon und rief ihn an.

„Was ist denn mit dir los? Bist du aus dem Bett gefallen?"

„Nein, viel schlimmer. Silvana rief vorhin an und hat mich zur Sau gemacht, weil ich ihr nichts von der Suchaktion auf dem Acker bei Brussa erzählt hatte. Wie denn auch, wenn ich selbst nichts davon weiß. Hast du eine Ahnung, was die da treiben?"

„Ich habe es auch gerade erst gehört. Es sieht so aus, als hätte unser anonymer Anrufer, der mich am Campanile treffen wollte, ihnen den Tipp gegeben."

„Glaubst du, da ist etwas dran?"

„Ich weiß, dass du dir das nicht vorstellen willst, aber die Gegend ist gut gewählt. Sehr einsam. Wenn man da eine Leiche vergräbt, findet man sie wahrscheinlich nie, oder nur durch Zufall."

„Na gut, halte die Ohren offen und gib mir gleich

176

Bescheid, wenn etwas passiert. Ach, und noch etwas. Dieser Typ, das Gespenst, wo finde ich den?"

„Das weiß keiner so genau, wo er gerade steckt, warum?"

„Weiß nicht. Vielleicht hat er was beobachtet."

„Wenn, dann findet er dich, aber aus dem wirst du nichts herausbekommen. *Ciao Roberto*."

Marek legte das Telefon zur Seite und schenkte sich noch Caffè nach. Sein Entschluss stand fest, er würde es heute Abend versuchen.

***

Capitano Mambretti legte den Telefonhörer auf und rieb sich die Hände. Offenbar hatte man in Rom nun doch Zweifel an der Richtigkeit des Tuns bekommen. Wie auch immer, jetzt waren er und seine Einheit wieder dabei. Er rief Ghetti zu sich ins Büro, der auch umgehend erschien.

„Nehmen Sie Platz, Maresciallo."

Ghetti war von dem überaus moderaten Ton seines Vorgesetzten einigermaßen überrascht. Irgendetwas musste vorgefallen sein, was bei Capitano Mambretti diesen Anfall von guter Laune ausgelöst hat.

„Tja, mein lieber Ghetti, es gibt anscheinend doch noch so etwas wie Gerechtigkeit. Ich erhielt vorhin einen Anruf von Colonnello Fabiani, der wiederum einen Anruf aus Rom hatte. Man hat uns den Fall des vermissten Mädchens wieder übertragen. Das BKA kann zwar weiter ermitteln, aber wir können das nun auch wieder unabhängig davon tun."

„Wie kommen wir denn plötzlich zu dieser Ehre?" fragte Ghetti, nachdem er diese Information verarbeitet hatte.

„Ein bekannter Journalist des *Repubblica*, ein gewisser Enrico Wagner, den Sie ja wahrscheinlich noch von unserem letzten großen Fall kennen werden, hat den Artikel von Signorina Rafaeli im *Gazzettino* gelesen und daraufhin in Rom für mächtig Wirbel gesorgt. Daraufhin sind die Herrschaften im Innenministerium eingeknickt und haben den Generalkommandanten ermächtig uns den Fall wieder zu übertragen. Was werden Sie nun tun, Ghetti?"

„Nachdem was wir haben und was in der Zeitung stand, würde ich die Eltern gerne noch einmal in die Zange nehmen."

„Dann nehmen Sie die beiden vorrübergehend fest."

„Danke, Capitano. Ich fahre sofort los."

Ghetti salutierte und verließ das Büro. Zuerst musste er Marek die frohe Botschaft übermitteln. Dann sammelte er im Bereitschaftsraum noch Brigadiere Farella und einen Carabiniere ein und fuhr mit eingeschaltetem Blaulicht los.

„Was wollen Sie denn hier?" giftete Bruckner

Ghetti an, als er sah, wer da vor seiner Türe stand. „Sie haben hier nichts mehr verloren. Verschwinden Sie, sonst rufe ich die Polizei."

„Wir sind die Polizei und…"

„Ich meine die richtige Polizei und nicht solche Provinzpolizisten", unterbrach Bruckner und wollte die Türe schließen, doch Ghetti war schneller und stellte den Fuß in die Türe.

„Wir sind die richtige Polizei, Signor Bruckner und die nimmt Sie und Ihre Frau nun vorläufig fest. Sie stehen beide unter dem dringenden Verdacht Ihre Tochter Ann-Kathrin getötet und die Leiche versteckt zu haben. Holen Sie nun bitte Ihre Frau und kommen Sie mit."

Als Bruckner keine Anstalten machte, gab Ghetti dem Brigadiere ein Zeichen, ins Haus zu gehen und die Signora zu suchen, während er dem Mann Handschellen anlegte und ihn zum Wagen bugsierte. Kurz darauf erschien auch Farella mit Renate Bruckner und setzte sie zu Ihrem Mann ins Auto.

***

Marek hatte gerade sein Mittagessen beendet und saß mit einer Tasse Caffè und seiner Verdauungszigarette vor dem Fernseher. Dass dank Silvanas Artikel Ghetti den Fall wieder bearbeiten durfte, gefiel ihm außerordentlich gut, und dass sein Freund Enrico Wagner, der ihn ja Anfang des Jahres bei ihrem letzten Fall schon unterstützt und mit wichtigen Informationen versorgt hatte, dass dieser Enrico Wagner durch seine Intervention dafür gesorgt hatte, noch viel mehr. Er würde Gott weiß was dafür geben, die dummen Gesichter von Bauer und Friesen zu sehen, wenn sie davon erfuhren. Andererseits gab es bei diesem Fall nicht einmal ansatzweise einen Grund, um sich über irgendetwas zu freuen. Ein kleines Mädchen wurde höchst wahrscheinlich von seinen Eltern getötet. Das alleine war schon schlimm genug, aber dann ließen diese Eltern auch noch den Leichnam verschwinden und spielten der Öffentlichkeit die Leidgeplagten vor. Marek drückte angewidert die Zigarette im Aschenbecher aus. Irgendwie musste er es beweisen.

Im Fernsehen begann eine Nachrichtensendung und gleich die erste Nachricht besserte Mareks Laune etwas auf. „Ein Großaufgebot der Polizei hat heute Vormittag ein Gelände in der Nähe von Brussa nach der Leiche des nun schon seit zehn Tagen vermissten Mädchens abgesucht. Anlass der Aktion war ein anonymer Tipp, den die Polizei gestern Abend erhalten hatte. Vor einer Stunde wurde die Suche ergebnislos abgebrochen. Ebenfalls erfolglos verlief die neuerliche Durchsuchung des Hauses eines deutschen Geschäftsmanns in Caorle, dem Verbindungen zu einem Pädophilen Ring vorgeworfen werden."

Marek trank seinen Caffè aus und griff nach dem Telefon. Er wollte Silva informieren, bevor sie wieder sauer auf ihn war.

„*Ciao cara*. Hast du schon Nachrichten gesehen?"

„Ja, freut mich, dass diese Idioten sich damit bis auf die Knochen blamiert haben."

„Es kommt noch besser. Dein Artikel hat Wellen bis nach Rom geschlagen."

„Was meinst du damit?" fragte sie vorsichtig.

„Du kennst doch noch Enrico Wagner von *la Repubblica*?"

„Ja, sicher kenne ich den noch. Wieso?"

„Enrico hat deinen Artikel zum Anlass genommen, das Innenministerium unter Druck zu setzen. Die sind daraufhin eingeknickt und haben die Generalkommandantur in Rom beauftragt, den Fall wieder Mambretti zu übergeben. Bauer und Friesen bleiben zwar auch dran, aber Ghetti kann frei und unabhängig ermitteln."

„Na, wenn das keine gute Nachricht ist. Jetzt habe ich auch etwas für meinen Redakteur, denn der hat mir den Artikel zum Vorwurf gemacht, weil wir die Einzigen waren, welche die Unschuld der Eltern infrage gestellt hatten."

„Und das war gut so. Ghetti wollte vorhin beide vorrübergehend festnehmen und zum Verhör in die Caserma bringen."

„Danke für die Info. *Ciao Roberto.*"

Und weg war sie. Marek konnte sich bildlich vorstellen, wie sie sich gleich an ihren Computer stürzte, um den nächsten Artikel zu verfassen.

***

Marek sah auf seine Uhr. Es war schon kurz vor achtzehn Uhr. Er war wohl in seinem Schreibtischsessel eingeschlafen. Langsam erhob er sich, streckte seine müden Knochen und steckte sich eine Zigarette an. Dann schlurfte hinaus in die Küche. Er brauchte jetzt einen starken Caffè. Doch gerade, als er die Caffettiera in die Hand nahm, fiel ihm ein, dass er ja nach dem Gespenst Ausschau halten wollte. Schweren Herzens stellte er die Kanne wieder zurück, zog sich seine Jacke über, steckte seine Taschenlampe ein und verließ das Haus.

In der Via Torino parkte er seinen Lada so, dass er direkte Sicht in die Viale dei Cacciatori, aber auch die Via Torino im Blick hatte.

Etwa zwei Stunden später, die Dämmerung war längst heraufgezogen und seine Zigaretten gingen langsam zur Neige, bemerkte er eine dunkel gekleidete Gestalt, die gerade in die Viale eingebogen war.

Zuerst dachte er, es könnte sich um einen späten Strandheimkehrer handeln, aber dann sah er den Einkaufswagen. „Verdammt, wieso habe ich den nicht früher gesehen", dachte er verärgert, stieg aus und folgte der Gestalt, so unauffällig es eben ging. Auf noch ein Sprintduell wollte er sich nicht einlassen. Auf Höhe des ehemaligen Ferienheims, er hatte ihn gerade eingeholt, drehte sich die Gestalt plötzlich um und ein bleiches, nicht unsympathisches Gesicht, blickte ihn unter der schwarzen Kapuze aus dunklen Augen erschrocken an. Marek spürte förmlich die Angst, die von diesem jungen Mann ausging.

„Ich will dir nichts tun. Ich möchte nur mit dir reden."

Der junge wollte sich losreißen, doch er hatte gegen Mareks Griff keine Chance.

„Ich heiße Roberto und du? Du brauchst keine Angst zu haben. Ich will dich nur etwas fragen."

Die beruhigenden Worte schienen ihre Wirkung nicht zu verfehlen. Der junge Mann wurde sichtlich ruhiger, starrte ihn aber immer noch ängstlich an.

„Wie heißt du? Ich bin Roberto und du?" versuchte es Marek erneut, aber es schien nichts zu nutzen. Er ließ resigniert den Arm los, doch statt wegzulaufen, blieb der Junge stehen und starrte ihn weiter an. Dann hielt er den Zeige- und Mittelfinger vor den Mund, als ob er rauchen würde. Marek verstand. Er hielt ihm seine Zigarettenschachtel hin. So etwas wie ein Lächeln zeigte sich auf dem Gesicht des jungen Mannes, als er sich bediente. Marek gab ihm Feuer und steckte sich auch eine Zigarette an. So standen sie eine Weile schweigend da und rauchten.

„Cosmo", nuschelte der Junge plötzlich und klopfte sich mit der flachen Hand auf die Brust, „Cosmo."

Marek war so überrascht, dass er die Zigarette fallen ließ. Dann streckte er dem Jungen die rechte Hand entgegen und deutete mit der linken auf sich.

„Roberto, ich bin Roberto und du Cosmo, richtig?"

Der junge Mann nickte. Das Eis schien gebrochen und Marek wollte einen ersten Versuch unternehmen. Ihn interessierte das Bündel im Einkaufswagen. Langsam streckte er die Hand danach aus.

„Was ist denn das hier?"

Sofort umklammerte der Junge das Bündel und hielt es an sich gepresst.

„Mein", stieß er hervor, „mein, Cosmo."

Marek war sich mittlerweile sicher, dass es sich dabei nicht um den Leichnam des vermissten Mädchens handeln konnte. Nach so langer Zeit wäre der Geruch nicht mehr auszuhalten gewesen, aber er brauchte Sicherheit.

„Ich weiß, das ist deins. Ich wollte es nur ansehen. Zeigst du mir, was da drin ist?"

Cosmo zögerte. Doch dann begann er das Bündel aufzuschnüren. Ein paar stark riechende Klamotten, ein abgebrochenes Stück eines Surfbretts und ein zerrissener Fallschirm kamen zum Vorschein.

„Cosmo", sagte der Junge stolz, „mein."

„Sehr schön. Danke Cosmo."

Marek war froh und erleichtert, dass nichts anders zum Vorschein kam.

„Armer Kerl", dachte er, „sein ganzer Besitz sind ein paar stinkende Kleidungsstücke und die Reste seines ehemaligen Sportgerätes."

Cosmo strahlte und begann alles wieder einzupacken.

„Sag mal Cosmo, ist dir hier irgendetwas komisches aufgefallen? Hast du etwas gesehen? Irgendetwas?"

„Meins", sagte der Junge und streichelte liebevoll über das Bündel mit seinen Habseligkeiten.

„Ghetti hatte wohl recht, aus dem bekomme ich nichts heraus", dachte Marek und wollte sich verabschieden.

„Mostro", sagte da Cosmo plötzlich und zeichnete mit seinen Armen eine große Gestalt in die Luft.

„Ein Monster, meinst du das? Du hast ein Monster gesehen? Wie sah es aus?"

Er wusste nicht so recht, ob er dem Jungen glauben konnte. Vielleicht wollte er sich nur wichtigmachen. Andererseits, was machte es aus, dem armen Teufel ein wenig zuzuhören.

Cosmo nickte und sah ihn mit großen Augen an. Dann legte er wieder die beiden Finger an seine Lippen. Marek gab ihm seine letzte Zigarette und über ließ dem Jungen auch noch seine Zündhölzer.

„Großes Monster. So…", zeigte Cosmo auf seine Kapuzenjacke, „Cosmo hat Angst."

„Das Monster war schwarz?"

„Ja, schwarz", bestätigte der Junge und sah einen Moment auf die Finger seiner rechten Hand. Dann hielt er zwei Finger in die Luft. „Hier."

„Das Monster war zweimal hier?"

Cosmo nickte so heftig, dass Marek befürchtete, der Kopf würde gleich herunterfallen.

„Ja, großes Monster, zweimal hier."

„Und wo hast du es gesehen?"

Der Junge fing plötzlich an zu schnüffeln, als ob er etwas Bestimmtes riechen würde. Dann schlug er sich mit der Hand auf die Brust und Hustete ein paarmal.

„Da", sagte er dann und zeigte auf das Grundstück des ehemaligen Ferienheims, „da, Monster."

„Das Monster war da drin?"

Wieder nickte Cosmo und hustete erneut.

Marek drehte sich um und ging ein paar Schritte in Richtung Tor. Als er sich umdrehte, war der Junge verschwunden. Das Tor war immer noch mit der alten, angerosteten Kette verschlossen, aber was ihm beim letzten Mal nicht aufgefallen war, mit einem neuen Vorhängeschloss gesichert. Vielleicht war an der Geschichte des Jungen doch ein Funke Wahrheit.

Nachdenklich fuhr er nach Hause und informierte Silvana über das gerade erlebte, auch um einem weiteren Krach vorzubeugen. Dann rief er Ghetti an.

„Und, wie lief das Verhör?"

„Aus denen ist nichts herauszubekommen. Sie beteten stoisch immer wieder die alte Geschichte herunter. Wir haben sie zusammen und getrennt vernommen, aber die Antworten klangen wie abgesprochen. Einmal dachte ich, die Signora würde umfallen. Sie sprach plötzlich davon, wie überfordert sie manchmal mit den Kindern war, aber das war es dann auch wieder. Vor einer Stunde erschienen plötzlich zwei Anwälte und wir mussten sie gehen lassen. Komisch war nur, dass die Bruckners die Anwälte offenbar nicht kannten."

„Da hat wohl wieder jemand im Hintergrund am großen Rad gedreht."

Dann erzählte Marek von seinem Erlebnis mit *il fantasma*, dem Gespenst.

„Und du glaubst ihm?"

„Vielleicht ist da ein Körnchen Wahrheit dran."

14

14. Mai

Marek stand in der Küche und wartete darauf, dass sein Caffè endlich durchgelaufen war. Die ganze Nacht hatte er sich, wie ein Schnitzel in der Pfanne, von einer Seite auf die andere gewälzt. Sein Erlebnis mit dem jungen Cosmo ließ ihn einfach nicht einschlafen. Nun stand er völlig übermüdet vor dem Gasherd und wartete auf seinen Caffè. Irgendwo hinter ihm klingelte sein Telefon.

„*Ciao Roberto*", säuselte ihm Silvana ins Ohr, „Ich hoffe, ich habe dich nicht geweckt."

„Da ich die ganze Nacht nicht geschlafen habe, konntest du mich auch nicht wecken", brummte er.

„Du armer, wieso das denn?"

„Wegen dem, was ich dir gestern erzählt habe. Das hat mich halt beschäftigt. Ich werde nicht ganz schlau daraus."

Die Caffettiera blubberte und Marek schenkte sich eine Tasse ein.

„Was gibt es neues? Oder wolltest du nur mein zartes Stimmchen hören?"

„Das auch, aber es gibt tatsächlich etwas. Deine

Freunde vom BKA haben mit der Polizia di Stato eine weitere Presseerklärung herausgegeben. Das Labor in Wiesbaden hat die DNA Untersuchungen abgeschlossen. Das Blut aus dem Kinderzimmer stammt angeblich von einem unbekannten Mann. Außerdem hätte man weitere, unbekannte DNA dort gefunden. Daher könne man jetzt auch die Eltern nicht mehr als Verdächtige einstufen."

Marek trank einen Schluck des schwarzen Gebräus, das seine Lebensgeister weckte und steckte sich eine Zigarette an.

„Purer Aktionismus, wenn du mich fragst. Die reagieren nur auf deinen Artikel und die Festnahme gestern."

„Aber wenn das Blut tatsächlich von einer fremden Person stammt? Was ist dann?"

„Und das Blut in Bruckners Wagen? Und dass der Leichenspürhund dort angeschlagen hat? Das wird einfach unter den Teppich gekehrt. Oder steht davon etwas in dieser Presseerklärung?"

„Nein, davon steht nichts drin", resignierte Silvana, „und was soll ich jetzt deiner Meinung nach tun?"

„Bleib bei deiner Linie. Ich bin davon überzeugt, dass es das Richtige ist."

„Dein Wort in Gottes Gehörgang."

„Gehen wir heute Abend essen?"

„Tut mir leid, hab keine Zeit. *Ciao caro.*"

„Wie konnte ich auch fragen", brummte Marek und legte das Telefon bei Seite.

***

Es war früher Nachmittag und die Sonne schien von einem wolkenlosen, azurblauen Himmel. Marek hatte auf ein Mittagessen verzichtet und saß nun auf einer Bank an der Livenza Mündung. Ruhig und spiegelglatt lag das Meer vor ihm und er blickte gedankenverloren zu dem endlos scheinenden Horizont, als plötzlich sein Handy klingelte, ihn aus seinen Betrachtungen riss und ihm die missbilligenden Blicke der am Ufer stehenden Angler einbrachte.

„Hallo Jakob, ich hatte gerade an dich gedacht."

„Ach was. Erzähl das deinem Friseur."

„Jetzt bist du aber ungerecht", tat Marek beleidigt, „was kann ich denn für dich tun?"

„Frag lieber, was ich für dich getan habe. Wie ich dir schon sagte, kenne ich ein paar Leute bei der KTU in Wiesbaden, denen ich in der Vergangenheit gelegentlich mal behilflich war. Was ich dir jetzt sage, kann offiziell nicht verwendet werden, da ich illegal daran gekommen bin. Ist das klar?"

„Ja sicher. Mach`s nicht so spannend."

„Also, das Labor bei euch hatte bereits einen Bericht fertiggestellt, als die Unterlagen beschlagnahmt und nach Wiesbaden geschickt wurden. Dieser Bericht ist natürlich auf Italienisch verfasst. Daher hat man eine neue Untersuchung gemacht und dem Abteilungsleiter im BKA vorgelegt. Der hat es zur geheimen Verschlusssache gemacht."

„Aber wieso haben Bauer und Friesen mit der hiesigen Polizei eine Presseerklärung verfasst, in der es heißt, dass die im Zimmer gefundenen Blutspuren zu einem unbekannten Mann gehören?"

„Das ist ja dann die Krönung. Eine entsprechende Analyse gibt es nämlich nicht."

„Und das ist sicher?"

„Wie das Amen in der Kirche. Bei uns hier arbeitet ein Kollege, dessen Eltern vor über dreißig Jahren nach Deutschland kamen und der kann ja italienisch. Er hat mir den Bericht übersetzt. Die Blutspritzer im Kinderzimmer und im Kofferraum stammen auf jeden Fall von ein und derselben Person. Mit der genauen Bestimmung war es offenbar schwierig, da die Proben sowohl vom Kinderzimmer, als auch vom Auto sehr stark mit scharfen Reinigungsmitteln kontaminiert waren. So gab es im Auto eine Übereinstimmung von nur etwa fünfundfünfzig Prozent mit der DNA des vermissten Kindes und im Kinderzimmer etwa siebzig Prozent."

„Dann hatte ich von Anfang an recht", meinte Marek nach einer kurzen Pause.

„Du weißt ja schon, dass diese geringe Übereinstimmung vor Gericht keinen Bestand haben wird.

Zumindest nicht die vom Kofferraum. Die vom Kinderzimmer wird jeder mittelmäßige Anwalt einer einfachen Verletzung des Kindes zuschreiben und damit durchkommen."

„Trotzdem. Jetzt habe ich Gewissheit und ich weiß, dass die Gegenseite Unterstützung von ziemlich weit oben hat. Danke Jakob, mach`s gut."

Marek saß noch eine Weile auf seiner Bank um das soeben gehörte sacken zu lassen und seine nächsten Schritte zu überdenken.

„Dich krieg ich", brummte er dann, erhob sich und ging nach Hause. Unterwegs erstand er noch zwei belegte Panini, das musste für heute reichen.

Zu Hause fiel ihm ein, dass er noch Silvana informieren könnte, dann hätte sie noch etwas Munition für den morgigen Artikel.

„...also wörtlich kannst du das natürlich nicht verwenden, da es ja eigentlich niemand wissen kann, aber vielleicht fallen dir ein paar nett umschriebene Andeutungen ein. *Ciao bella*."

14.Mai

„Lügen die Ermittler?"

Mit dieser reißerischen Überschrift wartete der *Gazzettino* am nächsten Morgen auf. Marek hatte die Zeitung auf dem Küchentisch ausgebreitet und las Silvanas Artikel, während er genüsslich sein, mit Vanillecreme gefülltes Cornetto verspeiste und mit Caffè nachspülte.

„Das hat sie sehr gut gemacht", dachte er, „irgendwas wird sich jetzt tun müssen. Die Ratten müssen nun aus ihrem Bau. Mal sehen, wer zuerst die Nerven verliert."

Zufrieden legte er die Zeitung zusammen, steckte sich eine Zigarette an und grübelte eine Weile vor sich hin.

„Warum nicht." Marek erhob sich zog seine Jacke über, holte sein Besteck aus der Schublade und fuhr wieder zur Via Torino. Dort stellte er den Lada ab und ging den Rest zu Fuß. Am Tor zum Grundstück des ehemaligen Ferienheims blieb er stehen. Eigentlich sah alles so aus wie gestern. Eigentlich. Etwas war anders und er wusste auch gleich was. Marek war sich sicher, dass die in den Messingblock des Schlosses eingravierte Beschriftung gestern nach oben zeigte. Jetzt war sie unten. Jemand war also in der Zwischenzeit hier. Er zog sein Besteck aus der Tasche, sah sich kurz um und machte sich dann an dem Schloss zu schaffen. Es dauerte fast eine Minute bis er es endlich geöffnet hatte. Er löste die Kette und wollte gerade das Tor öffnen, als ihm etwas im Gras auffiel. Es war ein altes Vorhängeschloss, bei dem kürzlich erst der Sperrbügel mit einem Bolzenschneider durchtrennt wurde.

„Jetzt wird es interessant", dachte Marek und fühlte sich doch etwas nackt ohne seine Waffe, die er zu Hause gelassen hatte. Er steckte das Schloss ein, öffnete das Tor einen Spalt breit und schlüpfte durch. Dann schloss er das Tor, legte die Kette wieder so darum, wie sie vorher war und hängte das Schloss ein, ohne es zu verriegeln. Dann machte er sich auf die Suche nach einem Zugang zu diesem Gebäude, ohne irgendeine Vorstellung davon zu haben, nach was er suchen sollte, oder was ihn dort erwarten könnte.

Bei einer der hinteren Türen war die Scheibe eingeschlagen und wie es den Anschein hatte, vor gar nicht allzu langer Zeit. Vorsichtig griff er durch die Scheibe und öffnete die Tür. Trotz völlig verschmutzter, oder vernagelter Fenster und trotz des dichten

Baumbestandes auf dem Grundstück, fiel noch genug Licht ein, dass er alles erkennen konnte. Er befand sich in einem Treppenhaus. Gegenüber war eine Türe, die offen stand und einen Blick in einen großen Raum, fast eine Halle, freigab. Marek wollte schon nach oben gehen, als er sah, dass Staub und Dreck verwischt waren. So, als hätte jemand etwas Schweres über den Boden geschleift. Er folgte dieser Spur in den großen Raum. Hier knickte sie nach rechts ab. Zusätzlich waren nun auch Fußabdrücke vage zu erkennen. Allerdings hatten sie irgendwie keinerlei Profil. Durch eine weitere Tür kam er in einen langen Flur. Zu beiden Seiten lagen kleine Zimmer, offenbar Schlafräume. Marek nahm einen widerlichen, ätzenden Geruch wahr, der immer stärker wurde, je weiter er der Spur folgte. Am Ende des Flurs lag der Sanitärbereich mit Toiletten, Duschen und Badewannen. Hier war der Gestank kaum noch zu ertragen und er hatte das Gefühl, seine Lungen würden verätzt. Er hielt sich den Ärmel seiner Jacke schützend vor Mund und Nase und ging hinein. Vor der ersten Wanne zuckte er angewidert zurück. In einer ekelhaft stinkenden, widerlichen, schleimigen Brühe konnte er die Reste eines Schädels erkennen. Der Größe des Kiefers nach, der noch zu sehen war, musste es sich wohl um einen Tierschädel gehandelt haben. Marek rannte hinaus. Er brauchte dringend frische Luft. Vor dem Haus setzte er sich auf ein Geländer und steckte sich eine Zigarette an. Er hatte das Gefühl, diesen Gestank nie wieder loswerden zu können.

Langsam konnte er wieder klarer denken. Warum versucht jemand einen Tierschädel heimlich, in einer stillgelegten Ferienanlage, mit einer starken Säure aufzulösen? Konnte das eventuell ein Test sein, um etwas anders zu beseitigen? Marek warf die angerauchte Zigarette weg und ging zurück. Vergeblich untersuchte er alle Räume in diesem Flur. Dann versuchte er es im Keller. Sollte er hier nichts finden, musste Ghetti mit seine Mannschaft anrücken. Das Gebäude war zu groß. Die Kellertür war aus Metall, aber zum Glück nicht verschlossen. Quietschend gab die Türe nach und er verfluchte sich, dass er die Taschenlampe vergessen hatte. Hier unten war es stockdunkel. Nur das entfernte quieken von einigen Ratten war zu hören. Er tastete in seinen Taschen nach Zündhölzern, das Benzinfeuerzeug hatte er auch vergessen zu füllen. Im schwachen Lichtschein konnte er sich halbwegs orientieren. An einen langen Gang reihten sich rechts und links Holzverschläge, die zum größten Teil eingefallen waren. Ein paar Meter weiter schlug ihm ein schwacher Geruch entgegen. Diesen Geruch kannte er aus seiner Beruflichen Laufbahn zur Genüge. In einem der hinteren Verschläge wurde er fündig. Der Gestank war kaum mehr zu ertragen. Auf dem Boden lag ein, in mehrere Lagen schwarzer Müllbeutel eingewickeltes Bündel. Er musste kein Hellseher sein, um zu wissen, was er da gefunden hatte. Angewidert drehte er sich um. Sein letztes Zündholz war gerade erloschen und so stolperte er zurück nach draußen.

Marek holte erst einmal tief Luft. Dann zog er sein Handy aus der Tasche und rief Ghetti an.

„Ich hab die Kleine gefunden. Sie ist tot."

„Was? Wo hast du sie gefunden?"

„Sie liegt in Müllsäcke verpackt, im Keller dieses Ferienheims an der Viale dei Cacciatori. Aber das ist noch nicht alles. Den Rest siehst du dir besser selbst an, falls dein Magen das verträgt."

„Wie, um alles in der Welt, kamst du denn darauf?"

„Das Gespenst hat mich darauf gebracht. Den Rest erzähle ich dir später. Jetzt komm sofort mit ein paar Leuten und der Spurensicherung hierher. Sie sollen Atemschutz mitbringen. Und Dottore Lovati soll auch gleich kommen. Deine Leute postierst du möglichst unauffällig um das Gebäude. Es darf niemand mitbekommen, dass wir dort sind. Vor Bruckners Haus stellst du einen Streifenwagen. Er soll sich beobachtet fühlen. Damit halten wir ihn hoffentlich im Haus. Alles andere später."

***

Ghetti hatte vier Kollegen auf dem Grundstück verteilt und ihnen absolutes Rede- und Rauchverbot erteilt. Alle Fahrzeuge hatte man auf der Vorderseite des Gebäudes abgestellt. Somit waren sie nur vom Strand aus zu sehen. Die Leute der Spurensicherung hatten bereits mit ihren Untersuchungen begonnen. Marek und Ghetti standen noch, von einem Gebüsch zur Straße hin abgeschirmt, vor der Hintertür und warteten auf Dottore Lovati, den Pathologen des Ospedale in Portogruaro. Da es in Caorle keine Gerichtsmedizin gab, wurden alle unnatürlichen Todesfälle in die dortige Pathologie gebracht und der ewig kettenrauchende Dottore war eine Kapazität auf seinem Gebiet.

„Jetzt erzähl schon", drängte Ghetti neugierig.

„Also, der Junge hatte mit doch etwas von einem Monster erzählt, einem schwarzen Monster, das er hier gesehen haben wollte. Er zeigte auch auf das Tor dort vorne. Dann hat er so komisch geschnüffelt und dabei gehustet. Ich konnte zuerst nichts damit anfangen, aber als ich das Tor untersuchte, sah ich, dass ein nagelneues und teures Vorhängeschloss an der alten, verrosteten Kette hing. Das ließ mir keine Ruhe und so bin ich heute Morgen hierher gefahren und habe das Schloss geknackt. Dabei habe ich feststellen müssen, dass heute Nacht wohl jemand hier gewesen sein musste. Außerdem habe ich das hier gefunden."

Marek holte das alte Schloss aus der Tasche und gab es Ghetti.

„Das war wohl das ursprüngliche Schloss. Ich habe dann eine Türe gefunden, bei der die Scheibe eingeschlagen war. Im Treppenhaus sah ich so etwas wie Schleifspuren, denen ich bis in einen großen Baderaum gefolgt bin. Was ich dort sah ist echt so abartig, dass ich nicht weiß, ob du dir das antun solltest. Die Kleine habe ich dann in einem Kellerverschlag gefunden."

„Mir ist schon von deiner Erzählung schlecht geworden, aber ich muss das alles sehen. Ich werde sonst nicht damit fertig, aber was war jetzt mit dem schwarzen Monster?"

„Das war wohl Bruckner, der sich dunkel gekleidet hatte, um in der Dunkelheit nicht aufzufallen, als er die Leiche und die anderen Sachen hierein trug."

„Welche anderen Sachen?"

„Sieh es dir an, dann verstehst du auch, was das Gespenst, es heißt übrigens Cosmo, mit dem Husten und Schnüffeln sagen wollte. Da kommt ja auch der Dottore."

„Lovati kam, die unvermeidliche Zigarette im Mundwinkel, auf sie zu gestiefelt.

„*Buon giorno, Commissario.* Freut mich ungemein sie nach so langer Zeit einmal wiederzusehen. *Buon giorno, Michele.*"

Er zündete sich gleich die nächste Zigarette an.

„Na, was gibt es denn so interessantes, das ihr mich von meinem Tisch weggeholt?"

„Wir haben höchstwahrscheinlich die Leiche des vermissten Mädchens gefunden. Gehen wir zuerst in den Keller."

Dort hatten die Kriminaltechniker bereits Scheinwerfer aufgestellt, die den Keller hell erleuchteten.

„Dort hinten, Dottore, im vorletzten Verschlag."

Lovati stellte seinen Koffer ab, hockte sich neben das Bündel und legte nach und nach die kleine Leiche frei.

„Das dürfte tatsächlich die Kleine sein", meinte er nach ein paar Minuten und steckte sich die nächste Zigarette an.

„Wie lange ist schon tot?"

„So genau kann ich das jetzt noch nicht sagen, aber mindestens eine Woche. Eher länger. Lasst sie gleich zu mir bringen, wenn die Heinzelmännchen hier fertig sind."

„Danke, Dottore, möchten Sie sich die Schweinerei oben auch ansehen?"

„Na klar, wenn ich schon einmal hier bin. Meine Patienten haben ja bekanntlich Zeit."

Sie stiegen nach oben, ließen sich Atemschutzmasken geben und gingen dann den langen Flur entlang. In der Tür zum Baderaum blieben sie stehen und warteten auf ein Zeichen. Ein Kollege der Spurensicherung winkte sie herein. Ghetti hielt sich noch im Hintergrund während Dottor Lovati gleich zu der Badewanne ging und sich drüber beugte.

„Da hat einer versucht einen Schweine Kopf aufzulösen."

„Und es auch beinahe geschafft. Noch eine Ladung von der Säure und außer den Zähnen wäre nichts mehr übrig gewesen", ergänzte einer der Techniker.

„Was ist das für ein Zeug?"

„Ich tippe auf Königswasser."

„Nein, das glaube ich nicht", meinte Lovati, "das Zeug ist nicht ätzend genug. Ich gehe von einem Gemisch aus Fluorsulfonsäure und Fluor-Antimonsäure aus. Das Zeug ist dann so ätzend, dass es nahezu alles zersetzen kann. Selbst die Wanne ist schon stark angegriffen und wenn du ohne Atemschutz länger hier in diesem Raum bist, wir sogar deine Lunge verätzt. Habt ihr keine Behälter gefunden?"

„Doch, hier in der Ecke stehen zwei kleine Plastikfässer."

„Dann nehmen Sie die Dinger mit zur Untersuchung und passen Sie bloß auf, dass sich die Flüssigkeiten nicht vermischen. Jede für sich ist schon schlimm genug. Die Potenzierung wäre dann etwa zehn hoch drei. Viel Spaß beim Rechnen. Ich mache mich dann mal wieder auf den Weg."

„Danke Dottore."

„Wenn Sie hier fertig sind, lassen Sie bitte alles so, wie es war", wies Marek die Leute der Spurensicherung an und drehte sich nach Ghetti um, doch der war verschwunden. Er fand den kreidebleichen Maresciallo draußen vor der Türe.

„Ich hatte dich gewarnt."

„Ich weiß, aber ich musste es einfach sehen, um es zu begreifen. Was für ein Mensch tut so etwas?"

„Kein Mensch, sondern ein Monster, wie Cosmo es sagte."

„Wie gehen wir jetzt weiter vor?"

„Wir werden heute Nacht auf ihn warten. Er wird es bald zu Ende bringen wollen und müssen. Er wird auch neue Säure in einer anderen Wanne mischen, um dann die Leiche darin zu entsorgen. Wenn wir hier fertig sind, ziehst du deine Leute ab. Auch den Streifenwagen vor seinem Haus. Du postierst zwei Leute im Keller, falls er dort zuerst hingehen sollte. Wir beide warten oben. Ich denke, wir treffen uns um sechs Uhr. Er wird ohnehin erst nach Einbruch der Dunkelheit kommen. Ach, und besorg dir ein Fläschchen China Öl, ein Tropfen unter die Nase gerieben und du bekommst den Gestank hier nicht mehr mit. *Ciao Michele*, bis später."

***

Ghetti hatte zwei erfahrene Kollegen in einem der Kellerverschläge postiert. Sie hatten die Erlaubnis notfalls von der Waffe Gebrauch zu machen. Er selbst saß, zusammen mit Marek, im ersten Zimmer vor dem Baderaum auf einem alten Bettgestell und wartete ungeduldig darauf, dass endlich etwas passiert. Er sah zum wiederholten Mal auf die Leuchtziffern seiner Uhr. Zwei Stunden saßen sie nun schon hier und nichts hatte sich getan.

„Geduld Michele, der kommt schon noch. Er wird sich ganz sicher sein wollen, dass er unbeobachtet ist. Und wenn nicht heute, dann eben morgen."

„Du hast wohl die Ruhe weg."

„Das nennt man Berufserfahrung. Du lernst das auch noch. Ich könnte immerhin dein Vater sein. Viel schlimmer als das Warten ist, dass ich nicht rauchen kann."

„Und das macht mir jetzt überhaupt nichts aus."

Dann schwiegen beide und warteten weiter.

Es war kurz nach Mitternacht, als sie ein Geräusch vom Anfang des Flurs her vernahmen. Es war ein leichtes, schleifendes Geräusch.

„Er kommt", flüstere Marek, „du hast hoffentlich deine Knarre durchgeladen?"

„Ja, ja, hab ich."

Das Geräusch kam langsam näher. Sie hielten die

Luft an, als ein großer, schwarzer Schatten an ihrem Versteck vorbei kam. Die Atemgeräusche dieser Gestalt hörten sich an, wie von einer Herz- Lungenmaschine. Marek gab Ghetti ein Zeichen, dann setzten sie ihre Atemschutzmasken auf und schlichen hinaus. Die Gestalt war jetzt offenbar mitten im Raum. Marek schaltete die Handlampe ein, doch was er im Lichtkegel sah, wollte er zuerst nicht glauben. Da stand ein Mann in einem schwarzen Neoprenanzug, mit Tauchermaske und Sauerstoffflaschen auf dem Rücken. In einer Hand hielt er noch einen Kunststoffbehälter. Den zweiten Behälter hatte er schon abgestellt.

„Es ist aus, Bruckner. Stellen sie den Behälter vorsichtig hin, nehmen Sie die Maske ab und halten Sie dann die Hände über dem Kopf, dass wir sie sehen können."

Die Gestalt starrte sie einen Moment lang an, dann nahm Gerhardt Bruckner die Tauchermaske ab. Den Behälter hielt er weiter in der rechten Hand.

„Wer sind Sie?"

„Das ist Commissario Marek, ein Landsmann von Ihnen, Dottore Bruckner. Ich verhafte Sie hiermit wegen Mordes an Ihrer Tochter Ann-Kathrin, Falschaussage und Behinderung der Justiz. Ihre Rechte werden ihnen die Kollegen verlesen."

„Woher wussten Sie…?"

„Das ist eine lange Geschichte", erwiderte Marek,

während Ghetti über Funk die Kollegen aus dem Keller rief.

„Legen Sie jetzt den Behälter hin, aber schön vorsichtig."

Bruckner fixierte ihn kurz, dann griff er blitzschnell nach dem Verschluss um ihn zu öffnen.

Der Schuss aus Mareks schwerem Revolver hallte wie eine Explosion durch das leere Gebäude. Bruckner war nach hinten gestürzt und hatte den Säurebehälter fallen gelassen. Marek überprüfte vorsichtig, ob der Kanister noch dicht war, dann schob er ihn mit der Fußspitze zur Seite.

„Hol den Notarzt. Deine Kollegen sollen ihm Handschellen anlegen und keine Sekunde aus den Augen lassen."

„Aber er ist doch verletzt."

„Michele, das ist mir so was von scheißegal. Der bekommt Armbänder. Erstens traue ich ihm nicht über den Weg und zweitens habe ich ihn ja nur in die Schulter geschossen und die Schmerzen gönne ich diesem Stück Scheiße."

***

Marek saß auf dem Geländer, steckte sich eine Zigarette an und inhalierte tief. Ghetti gesellte sich zu ihm, nachdem er sich versichert hatte, dass Bruckner gefesselt war und unter Bewachung stand.

„Schick noch einen Wagen zu Bruckners Haus. Die

sollen gleich die Frau festnehmen. Gibt es hier so et-was wie einen Sozialdienst, der sich der Kinder vor-erst annehmen kann?"

„Ich kümmere mich darum."

Von weitem hörten sie die Sirene des Rettungswa-gens.

„Der bleibt auch im Krankenhaus keine Sekunde unbeobachtet. Sag das deinen Leuten. Egal was ein Arzt oder sonst wer meint. Dem traue ich alles zu."

„Ist klar. Was machst du jetzt?"

„Ich klingele Silvana aus dem Bett. Bauer und Friesen werden sich bestimmt freuen, wenn sie die Geschichte morgen früh in der Zeitung lesen."

15. Mai

Marek hatte nicht besonders viel geschlafen. Das Bild der kleinen Leiche war zu gegenwärtig. Also stand er schon gegen acht Uhr am Morgen auf, was für sein Verständnis noch mitten in der Nacht war, nahm eine ausgiebige Dusche und bereitete sich eine große Kanne Caffè. Nachdem er eine Tasse getrunken hatte, hielt er es nicht mehr aus. Er ging zum Zeitungsladen, kaufte sich den *Gazzettino* und fing bereits auf dem Rückweg an zu lesen. Silvanas Artikel hatte auf der ersten Seite bereits einen Aufmacher und setzte sich auf weiteren zwei Seiten fort.

„Die örtliche Polizei von Caorle findet die Leiche der kleinen Ann-Kathrin", stand in großen Lettern auf der Titelseite. „Warum jagte das BKA falschen Spuren nach?", „Wer legte die falschen Spuren?" und „Eltern des Mädchens als Mörder überführt und verhaftet", waren weitere Schlagzeilen.

Der Caffè war noch warm. Marek schenkte sich eine Tasse ein, breitete die Zeitung auf dem Tisch aus und steckte sich eine Zigarette an. Der Artikel war großartig geschrieben. Geschickt hatte sie Stiche gegen die Vertuschungsaktionen der Behörden gesetzt, die, so hoffte er, an den richtigen Stellen für gehörigen Wirbel sorgen würden. Sie hatte auch nicht mit grausamen Details gespart, welche die Öffentlichkeit für diesen Fall sensibilisieren sollten. Er legte die Zeitung zusammen und lehnte sich zurück. Zufriedenheit wollte und konnte sich aber nicht bei ihm einstellen. Er dachte unablässig darüber nach, wie diese Unglaubliche Tat sich nun tatsächlich abgespielt haben könnte und vor allem, wie ein menschliches Wesen zu so etwas bestialischen überhaupt in der Lage war. Doch alles Grübeln half nichts, er kam zu keinem Ergebnis. Diese Sache überstieg seine Vorstellungskraft. Er konnte also nur warten, was Dottore Lovati heraus fand und was die Vernehmungen ergaben.

Da er ohnehin zur Untätigkeit verdammt war, beschloss er im Roma zu frühstücken. Als Luca ihm seien Cappuccino und die Cornetti brachte, wurde ihm auch wieder schmerzlich bewusst, dass er dies ja auch nur noch für ein paar Monate wird genießen können. Dieser Umstand versetzte ihn in eine Art Lethargie und ließ ihn wieder darüber grübeln, ob dieser Ort hier für ihn noch der richtige war.

Zwei Stunden später saß er, immer noch in sich gekehrt, auf einer Bank an der Promenade und starrte auf den endlos scheinenden Horizont. Das Klingeln seines Telefons riss ihn aus seinen Gedanken.

„*Pronto.*"

„*Buon giorno, Roberto*", meldete sich Ghetti, „ich wollte dir nur mitteilen, dass wir vorab einen mündlichen Bericht von Dottore Lovati bekommen haben."

„Der war aber schnell. Dann lass mal hören."

„Das Kind ist mit großer Wahrscheinlichkeit in der Nacht des Verschwindens gestorben. Die Anzeichen, die auf Gewalteinwirkung schließen lassen, sind post mortem entstanden. Wahrscheinlich durch den Abtransport. Die Blutspuren im Zimmer und im Auto stammen offenbar von eine kleinen Schnittverletzung, die unmittelbar vor oder nach ihrem Tod entstanden sein muss."

„Das passt ja mit der zerbrochenen Lampe."

„Ja, wahrscheinlich, aber Todesursache ist, laut toxikologischem Bericht, die Überdosis eines Barbiturats auf der Basis von Pentobarbital. Lovati sagt, dass dieses Zeug bei einer Überdosierung zum Erstickungstod führt und in der Humanmedizin nicht mehr verwendet wird. Dieses Zeug würde nur noch zum Einschläfern von Tieren und von einigen Organisationen zur Sterbehilfe verwendet. In den USA hätte man es auch schon zur Hinrichtung mit der Giftspritze benutzt."

„Bruckner ist Arzt, der kann sich ja so etwas bestimmt leicht besorgen."

„Ja, aber Dottore Lovati sagt, dass die Synthese dieses Mittels nicht ganz der, von Pentobarbital entspricht. Das scheint eine Art Neuentwicklung zu sein."

„Sag mal, hatte nicht dieser Freund von Bruckner, Solino hieß er, glaube ich, hatte der nicht ein Pharmaunternehmen?"

„Stimmt, da kann ich gleich einmal die Kollegen in Vicenza darauf ansetzen."

„Wie weit seid ihr mit den Vernehmungen?"

„Wir waren die ganze Nacht bis eben dran. Jetzt hat der Anwalt eine Pause gefordert. Bisher haben sie beide nichts gesagt. Wir werden sie nun mit Lovatis Bericht konfrontieren."

„Gib mir bitte gleich Bescheid, wenn ihr einen Durchbruch habt."

***

Am späten Nachmittag dann, Marek war wieder zu Hause, rief Ghetti an und meldete den Durchbruch, auf den sie gewartet hatten. Nachdem die Bruckners mit dem Ergebnis des Pathologen konfrontiert wurden, bröckelte die Einigkeit und es begannen gegenseitige Schuldzuweisungen. Am Ende dann das Geständnis der beiden.

Gerhardt Bruckner hatte seiner Frau ein Beruhigungsmittel gegeben, das sie, nur in kleinster Dosierung, ihrer Tochter Ann-Kathrin verabreichen sollte, falls sie wieder einmal nicht schlafen wollte. Am Abend des dritten Mai, sie bereiteten sich gerade auf das Treffen mit dem Ehepaar Solino vor, stand das Kind plötzlich bei den Eltern im Zimmer. Renate Bruckner hätte dann das Mädchen wieder zurück in ihr Zimmer gebracht und ihr zur Sicherheit eine etwas größere Dosis dieses Mittels verabreicht. Als Gerhardt Bruckner später nachsehen kam, stellte er den Tod von Ann-Kathrin fest. In Panik und um seine depressive Frau nicht zu belasten, hätte er das Kind in eine Decke gewickelt. Dabei ging der Lampenschirm zu Bruch und das Mädchen fing an zu bluten. Um im Haus keine Spuren zu hinterlassen, habe er das Kind aus dem Fenster über das Vordach gerollt, in den Kofferraum seines Wagens gelegt und sei dann wieder zurück zum Essen gegangen. In der Nacht darauf, nachdem die Suchaktion in dieser Gegend angeschlossen war, brachte er die Leiche in das leerstehende Gebäude und wickelte sie in die Müllsäcke. Renate Bruckner wusste nichts davon, bis sie zufällig Zeugin einer Unterhaltung ihres Mannes mit dem Maresciallo wurde. Danach spielte sie das Spiel weiter mit, um ihren Mann nicht zu belasten, der ja alles nur für sie getan hatte. Als Gerhardt Bruckner für einen Tag in Deutschland war, brachte er in einer Kühlbox den Schweinekopf mit und mehrere Kanister mit den Säuren. Da die DNS von Schweinen der des Menschen sehr ähnlich ist, hatte er mit dem Schweinekopf getestet, wie stark die Auflösung in den Säuren ist, bevor er die Leiche auf diese Art verschwinden lassen wollte. Das Beruhigungsmittel mit der Bezeichnung Heptaxythol, hatte er von seinem Freund Solino zu Testzwecken bekommen. Es hatte noch keine Zulassung.

Beide Elternteile fühlten sich aber unschuldig und zeigten keinerlei Reue.

„Was sind das bloß für Kreaturen, die zu so etwas fähig sind?" dachte Marek. Soviel kriminelle Energie hatte er in seiner Laufbahn höchst selten erlebt.

***

Als am nächsten Tag von der Polizei in Montecchio Maggiore eine Razzia bei *Solino Farmaceutica* durchgeführt wurde, fand man keine Spur eines Barbiturats und Eduardo Solino bestritt vehement, seinem Freund Bruckner jemals ein Mittel mit diesem Namen gegeben zu haben. Etwas so illegales könne er sich nicht erlauben. Er habe ja schließlich einen Ruf zu verlieren.

„Der wurde wahrscheinlich gewarnt", meinte Ghetti und Marek dachte „wie gut, wenn man einflussreiche Freunde und genügend Kohle hat. Dann lässt sich sogar manchmal das Recht beugen."

Das Wetter war umgeschlagen und die Temperaturen drastisch gesunken. Vom Meer her wehte ein kräftiger Wind und Regen kündigte sich an. Dennoch saßen Marek und Ghetti auf einer Bank an der Promenade, starrten auf die aufgewühlte Wasseroberfläche und grübelten vor sich hin. Freude, oder ein Hochgefühl, wie sonst nach einem erfolgreich abgeschlossenen Fall, wollte diesmal nicht aufkommen.

Epilog

Marek saß am Tag danach in seiner Küche und starrte aus dem Fenster. Es hatte die ganze Nacht durch geregnet. Jetzt aber zeigten sich wieder erste Sonnenstrahlen am sonst milchig grauen Himmel. Er dachte an das erste Buch der „*Göttlichen Komödie*" von Dante Alighieri, „*Die Hölle*".

„Wenn rauh und holprig mir verliehen wären
Die Verse, wie fürs schlimme Loch sich ziemte,
Drauf insgesamt die andern Felsen wuchten,
Würd ich den Saft in größrer Fülle pressen...."

„Würde Dante heute noch leben", dachte Marek, „er müsste dieses Werk umschreiben und unterhalb des neunten Kreises der Hölle noch einen letzten Kreis hinzufügen, da dies hier schlimmer ist, als das Höllenloch, den Sitz des Satans, welches er mit dem neunten Kreis beschrieben hatte.

Die Handlung und die Namen der handelnden Personen sind frei erfunden. Mögliche Ähnlichkeiten mit Namen lebender Personen wären rein zufällig. Partielle Ähnlichkeiten der Geschichte mit einem tatsächlichen Kriminalfall, der bis zum Tage der Drucklegung dieses Romans noch nicht aufgeklärt werden konnte, sind jedoch nicht ganz unbeabsichtigt, ohne jedoch eine Wertung jeglicher Art dieses Falles damit ausdrücken zu wollen.

Im Text erwähnte Gerichte

cape sante a´la venessiana -
Jakobsmuscheln venezianische Art

sievo´li ai feri –
gegrillte Meeräschen

crema frita –
gebackene Creme (venezianische Spezialität)

spaghetti alle vongole –
Spaghetti mit Venusmuscheln

po´lastro in tecia –
geschmortes Huhn in einer Soße aus Zwiebeln, Wur-
zelgemüse, Speck und Wein

spaghetti aglio, olio e pepperoncino -
Spaghetti mit Olivenöl, Knoblauch und Pepperoncini

spaghetti aglio olio e scampi –
Spaghetti mit Olivenöl und Scampi (Kaisergranat)

cozze al vino bianco –
Miesmuscheln in Weisweinsud

prosciutto di parma –
luftgetrockneter Schinken aus der Provinz Parma

provolone –
italienischer Schnittkäse aus Kuhmilch

asiago –
italienischer Käse, der ausschließlich in vier nordost-
italienischen Provinzen hergestellt wird

parmigiano –
italienischer Hartkäse aus Kuhmilch

ciabatta –
italienische Brotsorte mit Olivenöl

panini –
(Mehrzahl von panino - kleines Brot) bedingt ver-
gleichbar mit den deutschen Brötchen. Wird belegt
als Sandwich gegessen

cannoli –
Gebäckspezialität aus Sizilien. Gebäckrolle mit einer
Füllung aus Ricotta (italienischer Frischkäse), die je
nach Variante noch Schokoladenstückchen, Vanille
und kandierte Früchte enthalten kann.

Zeitfracht Medien GmbH
Ferdinand-Jühlke-Straße 7
99095 Erfurt, Deutschland
produktsicherheit@kolibri360.de